Tod und Helau

Kristina Seibert, geboren 1988, studierte Literatur-, Kultur- und Medienwissenschaften. Im Herbst 2013 erschien ihr erstes (Kinder-)Buch. Wie ihre Kommissarin lebt sie mit einer Katze namens Lilly in Malberg im Westerwald.
www.kristinaseibert.com

KRISTINA SEIBERT

Tod und Helau

WESTERWALD KRIMI

emons:

Bibliografische Information der Deutschen Nationalbibliothek
Die Deutsche Nationalbibliothek verzeichnet diese Publikation in der Deutschen Nationalbibliografie; detaillierte bibliografische Daten sind im Internet über http://dnb.d-nb.de abrufbar.

Umschlagmotiv: photocase.com/Dot.ti
Umschlaggestaltung: Tobias Doetsch
Gestaltung Innenteil: César Satz & Grafik GmbH, Köln
Lektorat: Hanna Stegbauer
Druck und Bindung: CPI – Clausen & Bosse, Leck
Printed in Germany 2014
ISBN 978-3-95451-464-9
Westerwald Krimi
Originalausgabe

MIX
Papier aus verantwortungsvollen Quellen
FSC® C083411

Prolog

Kurz nach Mitternacht verließ sie das belebte Zelt auf dem Malberger Festplatz. Der kühle Nachtwind umspielte ihr blau-rotes Tanzkostüm. Ihre langen braunen Haare hatte sie zu zwei Zöpfen geflochten. Schnellen Schrittes überquerte sie das rostrote Kopfsteinpflaster, das unter ihren Füßen von den lauten Bässen der Karnevalsmusik vibrierte. Ihr Vater hatte ihr angeboten, sie abzuholen. Doch sie brauchte die frische Luft, um ihren Ärger verrauchen zu lassen.

Mal wieder war Hannes Becher ihr zu nahegekommen. Da er zwei Meter maß, meinte er, sich zu Leuten, die mehr als einen Kopf kleiner waren, hinunterbeugen zu müssen, um sie beim Reden besser zu verstehen. Dabei legte er den Arm um ihre Schulter und presste seinen Kopf so dicht vor den ihren, dass sie seinem Kuss schließlich schutzlos ausgeliefert war. Er hatte stark nach Alkohol gerochen.

Bereits mehrfach hatte sie ihm in der Vergangenheit zu verstehen gegeben, dass seine Annäherungsversuche vergeblich waren. Heute – als sie sich in seinen Fängen befunden hatte – hatte sie sofort ihre geballten Fäuste gegen seine Brust gestemmt und war einige Schritte zurückgewichen. Dabei war sie gegen eine Metallstrebe gestolpert und hatte sich an der linken Wade eine Laufmasche gerissen. Der alkoholisierte Hannes hatte sie daraufhin unvermittelt an sich gezogen und sie in den Arm genommen. Zum Trost für die kaputte Strumpfhose, hatte er gesagt. Dabei hatte er nur weiter baggern wollen. Wie ein Krake hatte er sich um sie geschlungen. Nach langem Zerren war es ihr gelungen, die rechte Hand aus der Umarmung zu lösen. Mit dieser hatte sie ihm dann so kräftig eine gescheuert, dass er im ersten Moment nicht gewusst hatte, wie ihm geschah, und er hatte abrupt seine Arme von ihr fallen lassen. Den berühmten Mittelfinger zeigend, war sie ohne ein weiteres Wort zur Garderobe stolziert, hatte sich ihre Jacke aushändigen lassen und war aus dem Zelt gelaufen.

Jetzt, als sie über den Vorfall nachdachte, kroch der Ekel, wie sie meinte, durch die Laufmasche in ihren Körper, breitete sich dort aus und ergriff Besitz von ihr. Sobald sie zu Hause war, würde sie sich unter die Dusche stellen, um sich des Schmutzgefühls zu entledigen. Sie musste nur an dem freien Feld zu ihrer Rechten vorbei, den Sportplatz zur Linken liegen lassen, über die Höhenstraße gelangte sie dann in die Hauptstraße. Dort wohnte sie im elterlichen Haus.

Vereinzelt säumten noch kleine Schneehügel den Straßenrand, auf den Wiesen und Feldern hatte der Schnee sich in den vergangenen Tagen den warmen Strahlen der Vorfrühlingssonne ergeben müssen. Überall sprießten Märzbecher, Schneeglöckchen und Krokusse, die das Ende eines schneereichen und hartnäckigen Winters ankündigten.

Als sie den Sportplatz passierte, vernahm sie ein Rascheln in dem Waldstück, das sich daran anschloss. Sie drehte den Kopf nach links, doch im schwachen orangefarbenen Dämmerlicht der einzigen Straßenlaterne konnte sie nur Bäume und Sträucher erkennen, die sich aneinanderreihten. Das Rascheln wurde lauter, und mit einem Satz sprang eine Person hinter ihr aus dem schwarzen Dickicht. Im nächsten Moment fühlte sie einen stumpfen Schlag auf den Hinterkopf. Der Hilfeschrei blieb ihr im Hals stecken. Sie merkte, wie sie taumelte und schließlich rückwärts zu Boden ging.

Als sie drohte, das Bewusstsein zu verlieren, beförderte sie der Klang eines aufschnappenden Messers zurück in die Wirklichkeit. Schnell setzte sie sich auf, wobei sie sich mit den Händen abstützen musste. Ihr Kopf schmerzte entsetzlich. Ein ängstlicher Blick nach oben zeigte ihr die Umrisse einer dunklen Gestalt. Diese hatte ihr Gesicht nicht verhüllt, doch es war zu dunkel, um es zu erkennen. Nur die blanke Klinge glänzte im schwachen Licht der Straßenlampe. Entsetzen und Angst traten zugleich in ihre Augen, sie musste weg – sofort, um ihr Leben laufen – bevor es zu spät war. Sie stellte das rechte Bein auf, beim

Sturz hatte sie sich auch hier eine Laufmasche gerissen, um endlich auf die Füße zu kommen. Die Gestalt beugte sich zu ihr hinunter und schubste sie zurück auf den feuchten, harten Teer. Immer und immer wieder stach sie mit dem Messer auf sie ein. Gegen halb eins verlor sie den Kampf um ihr Leben.

Die Polizeisirene heulte los. Victoria Fischer riss die Augen auf, wühlte sich unter der Bettdecke hervor und starrte schlaftrunken in die Dunkelheit des Zimmers. Gewohnheitsmäßig streckte sie die Hand aus, um den Nachttisch neben sich abzutasten. Normalerweise legte sie dort abends vor dem Schlafengehen ihr Handy ab. Normalerweise. Heute griff Victoria ins Leere. Auch der Nachttisch war weg.

Die Polizeisirene wurde lauter. Erst jetzt bemerkte sie den Mann neben sich, der laut vor sich hin schnarchte, als säge er den kompletten Malberger Wald ab. Ein Schauer jagte ihr über den Rücken.

Vom Schlaf noch immer benommen, begriff sie allmählich, dass sie sich weder in ihrem Bett noch in ihrem Haus befand. Sie beugte sich über den Bettrand hinaus und tastete auf dem Boden nach ihrer Handtasche. Der Ton der Polizeisirene verklang. Schließlich fand sie den Träger ihrer Tasche, packte diesen und zog die Tasche näher zu sich. Das Schnarchen des Mannes wuchs sich zu einem regelrechten Grunzen aus. Nur die Silhouette seines Kopfes, den er von ihr weggedreht hatte, und seine kurzen schwarzen Haare konnte sie in der Dunkelheit des Zimmers erkennen. Der Rest seines Körpers lag unter einer blau schimmernden Bettdecke verborgen, die sich durch sein Atmen hob und senkte und aufgrund seines Schnarchens zusätzlich in regelmäßigen Abständen vibrierte.

Als Victoria die Tasche auf das Bett hob und den Reißverschluss öffnete, heulte die Sirene erneut los. Zwischen Lippenstift, Make-up, Portemonnaie und Regenschirm kramte sie nach dem Handy. Als sie es in der Hand hielt, leuchtete auf dem Display die Nummer der Polizei- und Kriminalinspektion Betzdorf. Am Ende erschien die Durchwahl von Martin Kleinschmidt. Die Kollegen wussten doch, dass sie heute keinen Dienst hatte.

Sie drückte die Rufannahmetaste und keifte ins Handy: »Ich hab heute frei!«

Erbost wollte sie einfach wieder auflegen, als auf der anderen Seite ein Redeschwall losbrach. Victoria, deren Kopf noch immer im Land der Träume weilte und die ihre Gedanken erst langsam ordnen musste, verstand in den sich überschlagenden Informationen, die ihr Kollege ihr hinwarf, nur einzelne Wörter wie »Mord« … »Malberg« … »junges Mädchen« … »Karneval«.

Ach richtig, gestern war sie ja auf der Zugparty in Malberg gewesen. Langsam kehrte die Erinnerung zurück. Nach dem Karnevalsumzug hatten sich – wie in jedem Jahr – viele Menschen aus Malberg und Umgebung in Richtung Festplatz bewegt, um dort weiterzufeiern. Ein DJ hatte sie mit Karnevalsliedern und den aktuellen Charts unterhalten. Die Stimmung war ausgelassen gewesen, das Security-Personal und die Polizei, die bei diesen Festen stets anwesend waren, hatten keine besonderen Vorfälle zu vermelden. In früheren Jahren war das schon anders gewesen: Rangeleien mit mehreren Verletzten, Diebstähle und Trunkenheit am Steuer waren nur einige der Delikte, die sich rund um die Karnevalsparty ereigneten.

Gegen dreiundzwanzig Uhr hatte sie noch mit den Kollegen aus Betzdorf gesprochen. Die zeigten sich durchaus positiv überrascht ob der friedlichen Atmosphäre. Gegen Mitternacht hatte Victoria die Feier verlassen.

»Du musst sofort kommen«, beendete Martin seinen Vortrag.

»Moment, jetzt noch mal von vorn! Was ist passiert?« Victoria wollte ihren Ohren nicht trauen. Sie hielt das Handy mit der rechten Hand an ihr Ohr gepresst und versuchte mit der linken, ihre verstrubbelten blonden Locken zu ordnen, was ihr mit nur mäßigem Erfolg gelang.

Martin erzählte derweil von einem toten Mädchen, das heute Morgen gegen sechs Uhr von Partygästen auf einer Wiese in unmittelbarer Nähe des Festzeltes in Malberg gefunden worden war. Wahrscheinliche Todesursache seien unzählige Messerstiche in Brust und Bauch. Sie müsse sofort zum Tatort kommen. Ein Zittern erfüllte Victorias Körper. Ein Mord im beschaulichen Eintausend-Seelen-Dorf Malberg. Ihrem Heimatort. Ausgerechnet am Karnevalswochenende. Ein Fest, das Malberg über die Grenzen des Landkreises Altenkirchen hinaus bekannt gemacht hatte und zu dem jedes Jahr viele tausend Menschen strömten.

Martin hatte bereits mit den Worten »Bitte beeil dich, bis später« das Gespräch beendet und den Hörer aufgelegt.

Ihre achtzehnjährige Schwester Karla war auch auf der Party gewesen. Was, wenn sie das Opfer … Nein, daran konnte und wollte Victoria nicht denken. Gelähmt vom Schock über diese Nachricht, verharrte sie einen Moment regungslos im Bett. Sie umklammerte das Handy so fest in ihrer rechten Hand, dass sie spürte, wie sich die Kanten in ihre Handfläche bohrten. Dann rappelte sie sich auf, zog sich die Bettdecke vom Körper, und sogleich ereilte sie der nächste Schreck: Sie war nackt.

Das Zimmer wurde schwach erleuchtet von den Straßenlampen, deren Licht durch die Schlitze des Rollladens fiel. Victoria drückte einen Knopf auf ihrem Handy, damit dessen Displaybeleuchtung ihr etwas Helligkeit spendete. Zugleich erschien die Uhrzeit darauf: Es war kurz nach halb sieben. Sie leuchtete den Boden ab, um ihre Kleidung aufzusammeln. Sie war froh, sich nicht verkleidet zu haben. Der Anblick wäre für die Kollegen sicherlich sehr amüsant gewesen. Mehrmals musste sie den Knopf des Handys betätigen, denn nach fünfzehn Sekunden schaltete sich das Licht immer wieder automatisch aus. Als sie schließlich alles zusammengeklaubt hatte, verließ sie mit den Kleidungsstücken und ihrer Handtasche das Schlafzimmer. Obwohl ihre nackten Füße auf dem kalten Marmor im Flur noch heftiger zu frieren begannen, hatte sie das Gefühl, sie würden an ihm festkleben. Sie öffnete gleich die Tür auf der gegenüberliegenden Seite und wurde nicht enttäuscht: Sie hatte das Bad gefunden.

Mit dem Überstreifen der einzelnen Kleidungsstücke füllten sich auch die letzten Erinnerungslücken der vergangenen Nacht. Sie hatte auf der Karnevalsparty mit ihrem Jugendfreund Patrick Brenner getanzt. Ihn hatte sie schon im zarten Teenageralter von fünfzehn Jahren bewundert. Da er sieben Jahre älter war als sie, hatte er sich damals natürlich nicht die Bohne für das pummelige Mädchen interessiert. Ständig hatte sie ihn auf dem Fußballplatz mit hübschen, schlanken Errungenschaften gesehen, die sich noch dazu exzellent auf zehn Zentimeter hohen Absätzen auf dem unebenen Untergrund bewegen konnten. Gestern waren sich Victoria und Patrick schließlich beim fünften Bier nähergekommen. Aus einer Feierlaune heraus wähnte die achtundzwanzigjährige Frau von heute ihre Chance endlich gekommen, und sie war mit ihm nach Hause gegangen. Im Nachhinein konnte sie allerdings mit Bestimmtheit sagen, damals nichts verpasst zu haben. Sie musste unwillkürlich grinsen. Victoria betätigte den Wasserhahn und wusch sich das Gesicht, auf der rechten Wange zeigte sich noch ein Kissenabdruck. Mit ihrer zusammenklappbaren Reisebürste versuchte sie, notdürftig die verstrubbelten Haare zu bändigen, die sich jedoch tatkräftig wehrten. Einzelne dicke Locken standen vom Kopf ab, als würde der berüchtigte Westerwälder Wind durch das Badezimmer fegen.

Mit einem Schwämmchen legte Victoria etwas Make-up und mit einem dicken Pinsel etwas Rouge auf. Zum Schluss tuschte sie ihre Wimpern tiefschwarz, um ihre vor Müdigkeit kleinen Augen größer wirken zu lassen und so vor den Kollegen zu verbergen, dass sie nur wenig Schlaf abbekommen hatte. Noch einmal strich sie einzelne Locken aus ihrem Gesicht und versuchte, die abstehenden mit ein paar Spritzern Wasser aus dem Hahn an ihren Kopf zu kleben. Sie warf einen letzten Blick in den Spiegel und öffnete die Tür.

Am liebsten wäre Victoria sofort wieder in das Badezimmer geflohen und hätte die Tür hinter sich verschlossen, denn

Patrick lehnte – nur mit Shorts bekleidet – im Türrahmen des Schlafzimmers. Er hatte das Licht im Flur angeknipst.

»Guten Morgen«, grinste er, zeigte seine weißen Zahnreihen und verschränkte die Arme vor dem Körper.

»Ich hoffe, ich habe dich nicht geweckt?«, erkundigte Victoria sich pflichtschuldig und setzte ein Lächeln auf, nach dem ihr gar nicht zumute war.

»Dein Martinshorn war ja nicht zu überhören.« Er schüttelte in gespielter Empörung den Kopf.

Sie zog sich die schwarze Winterjacke, die sie in der Hand trug, an und schulterte ihre Tasche.

Patrick blickte sie kritisch an. »Wo willst du um diese Uhrzeit hin? Und überhaupt, warum frühstücken wir nicht erst noch zusammen?«

Victoria, die unter Zeitdruck von einem auf das andere Bein tippelte, sah Patrick direkt in die Augen und sagte streng: »Tut mir leid, aber die Pflicht ruft.« Sie wandte sich ab Richtung Wohnungstür.

»Klar, die Pflicht ruft. Machen das alle Kommissarinnen, Verzeihung, Kriminaloberkommissarinnen, wenn sie sich möglichst unverfänglich aus der Affäre ziehen wollen?«, blaffte er und stellte sich aufrecht hin.

»Patrick, es ist …«, begann sie, brach dann aber doch ab, da sie ihm nichts von dem Mordfall erzählen wollte. Sie machte nur eine wegwerfende Handbewegung in seine Richtung. An der Wohnungstür angekommen, drückte sie die Türklinke nach unten.

»So stellt man sich den Beginn einer Liebe vor, danke, Victoria«, rief er beleidigt und folgte ihr.

Sie wandte sich zu ihm, und um Rechtfertigung und Versöhnung bemüht, erklärte sie: »Es ist was Schlimmes passiert.«

Abrupt blieb Patrick stehen und starrte sie irritiert an. In seinem Blick meinte sie Verunsicherung und Fassungslosigkeit lesen zu können. Sie fragte sich, ob er dachte, dass sie ihn nur auf eine besonders perfide Art abservieren wollte, oder ob er ihr tatsächlich Glauben schenkte. Doch für Erklärungen blieb keine Zeit.

Als Victoria die Tür leise ins Schloss zog, rief er ihr hinterher: »Was ist denn passiert? Kann ich dir helfen?«

Victoria rannte durch den beißend kalten Februarmorgen. Ihre Lungen schmerzten, sie keuchte, und ihr Atem zeigte sich in weißen Wolken in der Luft. Die Nacht lag noch scheinbar friedlich über Malberg, die Rollläden an den Häusern waren verschlossen, in keinem Haus war Licht zu sehen. Es würde noch dauern, bis die Dämmerung hereinbrechen würde. Nur die Straßenlampen links und rechts am Straßenrand erhellten den kleinen Ort kärglich. Über Nacht hatte es gefroren. Schneehügel, die im Abstand von einigen Metern auf den Gehwegen lagen, waren während des sonnigen Tages gestern abgeschmolzen, und ihr Tauwasser hatte die Straßen teilweise feucht werden lassen. Auf einer spiegelglatten Fläche geriet Victoria ins Schlingern. Obwohl sie noch versuchte, sich mit den Händen aufzufangen, stürzte sie mit den Knien auf das Eis und schürfte sich die rechte Handfläche auf. Sofort fing diese an zu brennen. Die stechende Luft tat ein Übriges.

Als sie die Gartenstraße verlassen hatte, lief sie durch die Ringstraße, überquerte die Hauptstraße und gelangte somit in die Höhenstraße. Die erste Straße auf der rechten Seite nehmend, bog sie in den Krämerweg ein, und schon sah sie unzählige Blaulichter und die Feuerwehr, die mit riesigen Scheinwerfern Straße und Wiese ausleuchtete.

Um das rot-weiße Absperrband mit der schwarzen Aufschrift »Polizeiabsperrung« hatte sich eine Menschentraube versammelt. Die Wiese gegenüber dem Sport- und Festplatz war vollständig abgeriegelt. Victoria ging an den Neugierigen vorbei, um sich eine Stelle zu suchen, an der nur wenige standen. Von hier aus wollte sie hinter das Absperrband gelangen.

»Hier geht es nicht weiter, junge Frau.« Ein Polizist in Uniform stand plötzlich neben ihr.

»Ich muss zum Tatort«, protestierte Victoria sofort.

»Da kann ja jeder kommen«, war die prompte Antwort des jungen Uniformierten.

Victoria war nicht zu Späßen aufgelegt. In der Polizei- und Kriminalinspektion kannte doch jeder jeden, und jetzt wollte einer daherkommen und …

»Victoria, worauf wartest du?« Martin Kleinschmidt bewegte sich in ihre Richtung. Obwohl die Kollegen der Schutzpolizei auch ihn aus dem Bett geklingelt hatten, sah er aus wie aus dem Ei gepellt. Seine kurzen dunkelbraunen Haare hatte er mit Gel nach oben gestylt, die dunkelblauen Jeans steckten in geschnürten Winterschuhen, und der schwarze Wollmantel, zu dem er einen roten Schal trug, betonte seine sportliche Figur.

Der junge Streifenbeamte drehte sich um und blickte verdutzt in Martins Richtung, der ihn sofort zurechtwies: »Junger Mann, jetzt lassen Sie mal die Kollegin durch. Wir haben hier keine Zeit zu verlieren.«

Der Uniformierte beeilte sich, das Absperrband für Victoria anzuheben, damit sie leichter darunter hindurchgehen konnte. Neben Martin angekommen, machten sich die beiden auf den Weg zu der Stelle, an der das Opfer lag.

Martin drehte sich noch einmal um und rief dem jungen Kollegen zu: »Kriminaloberkommissarin Victoria Fischer vom K1, Herr …« Er blickte auf das Namensschild seines Gegenübers und vollendete den Satz: »… Rosenthal.« Zu Victoria gewandt sagte er dann: »Nimm es ihm nicht übel. Er absolviert seit vorgestern den praktischen Teil seines Polizeistudiums in Betzdorf. Außerdem hat er eben seine erste Leiche gesehen. Das hätte ihn fast von den Füßen gehauen. Wir dachten, am Absperrband kann er nicht viel Schaden anrichten.« Martin rieb sich die kalten Hände.

Die Leiche des Mädchens war umringt von fünf Beamten der Spurensicherung und dem Notarzt, der gerade die vorläufige Todesbescheinigung ausstellte.

»Wissen wir schon, wer das Opfer ist?« Unwillkürlich zitterten Victorias Finger.

»Sie hatte nichts bei sich. Auch die Kleidung ist weg. Der Täter …«

Victoria erblickte das nackte Mädchen, und ihre Augen weiteten sich vor Schreck. Martin verstummte in seinen Ausführungen. Sie hatte schon viele Leichen und Opfer von Gewaltverbrechen gesehen, und normalerweise machte ihr der Anblick nichts aus. Doch heute war es anders.

»Vicky? Was ist los? Victoria?« Martin legte ihr eine Hand auf die Schulter.

Victoria erwachte aus ihrer Starre und presste die Worte hervor: »Das ist Pia.« Eine weiße Atemwolke löste sich von ihrem Mund.

»Du kennst sie?«

»Pia Becker. Sie kommt aus Malberg. Sie und ihre Eltern sind die Nachbarn meiner Eltern.« Sie hielt sich eine Hand vor den Mund, um nicht zu schreien.

Die Leiche des Mädchens lag auf einem royalblauen Leinentuch. Die Arme waren im Neunzig-Grad-Winkel vom Körper gestreckt. Das rechte Bein war über das linke geschlagen. Brust und Bauch waren mit Messerstichen übersät, an ihnen klebte kein Blut. Der leblose Körper wirkte blass und fahl, aber makellos. Die Augen des Mädchens waren geschlossen.

Inzwischen brach sich das erste Licht des Tages Bahn und verdrängte die Dunkelheit. Die Kälte der Nacht ebbte allmählich ab, und der Horizont schimmerte in Gelb und Rot. Es würde ein schöner Vorfrühlingstag werden.

Martin traute sich nicht, Victoria weitere Informationen zum möglichen Tathergang zu geben. Sie wirkte weggetreten und mitgenommen. Die Müdigkeit, die er eben noch in ihren Augen gelesen hatte, war einer unergründlichen Leere gewichen. Minutenlang verharrte sie so, den Blick auf das Mädchen gerichtet, die Arme vor dem Körper verschränkt.

»Was genau ist …«, durchbrach Victoria die Stille und schaute Martin direkt an. Plötzlich wurde ihr Blick hellwach, die innere Starre machte einem unbändigen Tatendrang Platz, der sie nicht loslassen würde, bis sie den Täter gefasst hatte.

»Sie wurde nicht hier ermordet, sondern da hinten auf der Straße.« Er wies in Richtung Sportplatz, der rund zwanzig Meter entfernt war. »Dort haben wir Blutanhaftungen auf dem Teer gefunden. Zudem gibt es Schleifspuren, die über die Wiese bis hierher führen. Der Tod ist etwa gegen halb eins, eins eingetreten. Der Täter hat die Leiche entkleidet und das Blut abgewaschen. Nachdem er sie über die Wiese geschleift hatte, legte er sie auf das Leinentuch. Von der Kleidung fehlt jede Spur. Die Kollegen haben bereits beide Waldstücke« – er zeigte zum Sportplatz und dann auf den kleinen Wald oberhalb des Festplatzes – »durchsucht. Ohne Erfolg. Schon komisch, dass die Leiche erst rund fünf Stunden nach der Tat entdeckt wurde, obwohl sie gut sichtbar mitten auf der Wiese lag.«

»Martin, im ganzen Krämerweg gibt es nur zwei Straßenlampen, und eine davon geht auch noch um dreiundzwanzig Uhr aus. Die meisten Nachtschwärmer haben daher sicherlich den Weg über die Schul- und Hauptstraße genommen, statt im Dunkeln hierherzukraxeln.«

»Helau, du Malberger Mädchen!« Eine starke Hand klopfte Victoria auf die Schulter. Als sie sich umdrehte, erblickte sie Florian Schuster von der Spurensicherung. Martin machte ein gequältes Gesicht und fasste sich an den Kopf.

»Gestern nicht gefeiert und gebechert?« Florian grinste und schmatzte auf seinem Kaugummi herum.

Victoria verzog keine Miene und blieb in ihrer professionellen Rolle.

»Die Tote heißt Pia Becker«, sagte Martin.

»Ja, woher weißt du das jetzt schon wieder?« Florian formte mit seiner Zunge aus dem Kaugummi eine Blase, pustete immer mehr Luft hinein, bis sie schließlich platzte.

»Victoria kennt sie.«

Florian schluckte schwer, als hätte er den Kaugummi hinuntergewürgt. »Das wusste ich nicht. Es tut mir …«, begann er zu stottern, und sein Kopf lief rot an. Dann fügte er hinzu: »Ich muss gehen, der Bestatter kommt. Sie wird zur Obduktion nach Mainz in die Uniklinik gebracht.« Ein kurzes Nicken seinerseits folgte, bevor er sich auf den Weg Richtung Absperrband machte.

Martin und Victoria fuhren mit ihrem zivilen Dienstwagen zu den Eltern des Mädchens. Auch wenn das Haus nur wenige hundert Meter vom Tatort entfernt war, erschien ihnen das die beste Lösung, um möglichst wenig Aufsehen zu erregen. Um acht Uhr hatten sie sich dort mit dem Notfallseelsorger verabredet. Im Auto hüllten sich beide in Schweigen und hingen ihren Gedanken nach.

Als die drei am Haus klingelten, tippelte Victoria von einem Fuß auf den anderen. Todesnachrichten zu überbringen, gehörte durchaus nicht zu ihren favorisierten Aufgaben im Job. Und heute musste sie guten Bekannten mitteilen, dass ihre Tochter – für die sie vor Jahren oft Babysitter gespielt hatte – Opfer eines schrecklichen Gewaltverbrechens geworden war. Sie hatte sich mit ihrem Kollegen darauf geeinigt, dass sie den Eltern die tragische Mitteilung machen würde. Ihre Knie zitterten, und sie ermahnte sich ihrer Professionalität.

Mit einem Haarnetz um den Kopf, unter dem zahlreiche bunte Lockenwickler hervorstachen, öffnete Sabine Becker die Tür.

»Victoria, was machst du denn ... Herr Pastor Weller, was machen Sie ...« Als sie das ausdruckslose Gesicht der Oberkommissarin erblickte, verstummte die Mutter augenblicklich.

»Können wir kurz reinkommen?« Victorias Stimme klang distanziert und kühl.

Sabine machte eine einlassende Handbewegung und führte die Beamten sowie den Seelsorger ins Wohnzimmer, wo sie sich auf einem dunkelblauen Stoffsofa niederließen.

»Sabine, ich ...«, stotterte Victoria. »Wo ist denn Manfred?«, setzte sie erneut an.

»Ist was passiert? Was ist denn los?« Sabines Augen füllten sich mit Tränen, sie packte Victorias Arm und schüttelte ihn. Mit erstickter Stimme rief sie den Namen ihres Mannes durch das Haus und hielt sich an Victoria fest.

Schlurfende Schritte drangen aus dem Flur Richtung Wohnzimmer. Manfred Becker erschien im Türrahmen. Die Füße des stämmigen Mannes steckten in Badelatschen, er trug eine knallbunte Jogginghose und ein weißes Feinrippunterhemd. Seine kurzen braunen Haare waren feucht. Anscheinend kam er gerade aus der Dusche.

»Setzt euch bitte«, sagte Victoria.

Manfred ergriff die Hand seiner Frau und führte sie von Victoria weg auf die andere Seite des Holztisches. Sie setzten sich auf das Sofa, den Beamten gegenüber. Pastor Weller nahm in einem Sessel am Kopfende Platz.

»Pia, wir haben, sie ist …« Victoria wand sich und rang nach Worten. Am liebsten hätte sie zusammen mit Sabine losgeheult, dann gab sie sich einen kurzen Ruck, und die professionelle Kriminalbeamtin kehrte zurück. »Es tut mir leid. Pia ist tot. Sie wurde oben auf der Wiese gegenüber des Fest- und Sportplatzes gefunden. Sie wurde ermordet.« Victoria senkte den Kopf und blickte auf den beigefarbenen Teppichboden. Für einen Moment schloss sie die Augen.

Sabine schluchzte laut auf. Sofort nahm Manfred, der ebenfalls mit den Tränen rang, sie in den Arm und drückte sie fest an sich. Doch sie begann, mit der rechten Faust gegen seine Brust zu schlagen, und schrie unaufhörlich: »Warum?«

Der Seelsorger hatte sich sofort um Sabine gekümmert, die sich nicht beruhigen konnte. Beim Aufbruch der Beamten war sie nicht vernehmungsfähig. Manfred wusste nur, dass seine achtzehnjährige Tochter gegen zwölf Uhr am Samstagmittag das Wohnhaus Richtung Kirchstraße verlassen hatte. Dort wollte sie sich mit den anderen Mädchen der Funkenmariechen treffen, um sich für den bevorstehenden Karnevalsumzug aufzustellen. Als sie während des Umzugs am elterlichen Haus vorbeigekommen war, hatte sie sich bester Laune gezeigt und den Eltern einen Schnaps ausgeschenkt. Bereits im Vorfeld hatte sie angekündigt, nach dem Umzug auf der Zugparty bleiben zu wollen, um dort mit Freunden gemeinsam zu feiern. Der Vater hatte angeboten, sie abzuholen, doch sie hatte sich nicht gemeldet. Das war nicht unüblich für sie, denn oft ging sie allein zu Fuß nach Hause. Die Eltern selbst hatten nach dem Umzug ihr Grundstück von Konfetti, Plastikbechern und zertretenen Bonbons gesäubert. Danach waren sie zum Einkaufen nach Gebhardshain gefahren und hatten anschließend gemeinsam das Abendessen zubereitet. Den Abend hatten sie vor dem Fernseher verbracht.

In der Kriminalinspektion Betzdorf begrüßte Kriminalinspektionsleiter Roland Weigel die beiden Beamten. In der anschließend außerturnusmäßig einberufenen Sitzung wollte er über alle Einzelheiten detailliert in Kenntnis gesetzt werden. Außerdem berichtete er, dass er bereits die Zentrale Kriminalinspektion Koblenz über das Verbrechen informiert habe.

Da Betzdorf über kein K11 verfügte, verlangte der Dienstweg, dass die Koblenzer Kollegen die Ermittlungen übernahmen. Gemäß der Regelung des Innenministeriums war das K1 für Vermisstensachbearbeitung, Waffendelikte, Brandstiftung, schwere Körperverletzung und Todesermittlung zuständig. Kapitaldelikte wie Mord und Totschlag fielen in den Aufgabenbereich des K11.

»Roland, hättest du damit nicht zumindest noch bis morgen warten können?«, blaffte ihn Victoria an, als er ankündigte, zwei Beamte des K11 würden am nächsten Tag zur Unterstützung nach Betzdorf kommen. »Wir können den Fall auch allein lösen.«

Sie saßen im Besprechungsraum, der sich in den Räumen des angrenzenden Amtsgerichtes Betzdorf befand. Zu erreichen war er über eine Verbindungsbrücke, die vom zweiten

Obergeschoss der Polizeiinspektion in die zweite Etage des Amtsgerichtes führte. Aus Platzmangel und aufgrund der anstehenden Anbauarbeiten in der Polizeiinspektion waren bereits im Jahr 2011 drei Kriminalkommissariate dort eingezogen. Damals war auch der neue Besprechungsraum eingerichtet worden. In der Mitte waren mehrere Tische zu einem U zusammengestellt. Rund dreißig Menschen hätten hier Platz gefunden. An dem kleineren Tisch an der offenen Seite saß bei großen Besprechungen der Kriminalinspektionsleiter. Da sie heute nur zu dritt waren, hatten sich Victoria, Martin und Weigel an den grauen sechseckigen Tisch gesetzt, der sich rechts von dem großen befand. Rings um ihn standen billige schwarze Plastikstühle, deren Sitzflächen und Rückenlehnen mit schwarzem Stoff überzogen waren.

Victoria, die neben ihrem Kollegen Martin Platz genommen hatte, wippte mit dem Stuhl. Weigel saß ihnen gegenüber.

»Vicky, du kennst die Dienstvorschriften«, versuchte der Leiter seine Mitarbeiterin zu beschwichtigen.

»Ich verstehe nicht, warum die sofort immer alles wissen müssen.« Victoria redete sich in Rage. »Immerhin ist heute Sonntag!« Ihr Wippen wurde stärker.

»Ich verstehe ja deinen Unmut, aber das liegt nicht in meiner Macht, und aufgrund des Personalmangels bei der rheinland-pfälzischen Polizei kann das Präsidium Koblenz vorerst nur zwei Beamte zu uns schicken. Dadurch habt ihr die immanent wichtige Aufgabe, sie in allen Belangen zu unterstützen.«

»Ach, soll ich jetzt noch dafür dankbar sein, dass wir Personalmangel haben?«, fuhr Victoria ihren Chef an.

In diesem Moment stürmte Stefanie Greb, Weigels Sekretärin, in den Besprechungsraum. Drei Augenpaare starrten sie an, Victoria verzog das Gesicht, sie war mit ihrem Chef noch nicht fertig gewesen.

»Entschuldigung, aber ein Kollege aus Koblenz ist am Telefon und möchte Sie sprechen, Herr Weigel«, sagte die Sekretärin nachdrücklich.

Dieser erhob sich sofort, aber Victoria machte keine Anstalten zu gehen. Für sie war das Gespräch noch nicht beendet. Weigel verharrte einen Moment und warf seiner Mitarbeiterin einen strengen Blick zu.

»Ich glaube, es ist dringend«, meldete sich Stefanie erneut zu Wort. Sie ging zum Ausgang, und Weigel folgte ihr.

Im Hinausgehen warf er Victoria ein »Bedank dich bei König Kurt, der hat nämlich nur Geld für den Nürburgring und die Subvention des Bioweins, nicht aber für die innere Sicherheit« an den Kopf.

»Na super«, knurrte Victoria und schlug mit der Hand auf den Tisch, was der aufgeschürften und etwas entzündeten Handfläche einen zusätzlichen Stich versetzte. Sie brauchte ein Pflaster.

Die Nachricht vom Tode Pia Beckers verbreitete sich in Malberg wie ein Lauffeuer. Am Nachmittag rief der Malberger Ortsbürgermeister Stefan Weber in der Polizeiinspektion Betzdorf an, um darauf hinzuweisen, dass am Abend eine außerordentliche Versammlung der Karnevalsfreunde Malberg stattfinden werde und er auf das Erscheinen der Kriminalbeamten hoffe. Als Victoria auf ihr Handy sah, hatte sie fünf entgangene Anrufe – zwei von ihrer Mutter und drei von Patrick. Außerdem hatte ihre Mutter ihr eine SMS geschickt:

»Hallo, Liebes, im Dorflädchen haben sie das mit Pia erzählt. Es ist so schrecklich. Ich war eben bei Sabine und Manfred. Meld dich mal, wenn du Zeit hast. LG, Mama.«

Victoria saß am Schreibtisch in ihrem Büro und beobachtete die Autos auf der Friedrichstraße. Der klare Himmel am Morgen hatte gehalten, was er versprochen hatte. Die Sonne glitzerte und verwandelte auch die letzten Schneereste in Wasser. Die Sieg führte bereits seit einigen Tagen Hochwasser. Mit dem Bau des Barbaratunnels vor einigen Jahren – er lag direkt gegenüber der Polizeiinspektion – sollte der Verkehr in der Betzdorfer Innenstadt eigentlich entzerrt werden, dennoch kam es regelmäßig im Berufsverkehr zu langen Staus, die sich teilweise bis in den drei Kilometer entfernten Nachbarort Steineroth schlängelten. Obwohl heute Sonntag war, drängten sich die Autos dicht an dicht an der Polizeiinspektion vorbei.

»Was ist denn los, Vicky?«, durchbrach Martin Victorias Gedanken. Sie hatte gar nicht mitbekommen, dass er ihr Büro betreten hatte.

Sie schreckte auf, gab allerdings keine Antwort.

»Ist es wegen Pia?«, hakte der Kollege nach.

»Ich hätte es vielleicht verhindern können«, sagte Victoria nach einer Zeit kleinlaut. Martin hatte währenddessen ihr gegenüber Platz genommen. Dort saßen normalerweise Zeugen und Beschuldigte während der Vernehmung.

»Was hättest du verhindern können?« Martin schüttelte den Kopf und konnte sich keinen Reim auf die Worte seiner Kollegin machen.

Der Kleber des Pflasters an ihrer Hand verursachte einen kribbeligen Juckreiz. Sie rieb die Hand über ihr Hosenbein, was aber nicht zu einer Linderung, sondern eher zu einer Verschlimmerung führte.

»Weißt du, wenn ich vergangene Nacht nach Hause gegangen wäre, wäre der Täter mir vielleicht begegnet. Aber ich dumme Nuss musste mit diesem … diesem …« Sie rang nach Worten, sprang auf und riss das Fenster auf. Die vorbeifahrenden Autos erfüllten den Raum mit einem Dröhnen und ließen den Boden unter Victorias Füßen vibrieren. Sie stellte sich ins Fenster und ließ die kalte Luft tief in ihre Lungen strömen. »Mit diesem blöden Kerl halt. Warum bin ich ausgerechnet in dieser Nacht nicht über den Krämerweg nach Hause gegangen, sondern durch die Schulstraße mit dem in die Gartenstraße?«

»Aber das ist doch Quatsch. Du hättest es nicht verhindern können. Ganz bestimmt nicht!«, Martin trat hinter sie ans Fenster. Es war eisig, eine Gänsehaut bildete sich auf seinen Unterarmen.

»Ich habe das Festzelt auch gegen Mitternacht verlassen!«

Abrupt knallte sie das Fenster zu, ging an Martin vorbei und warf die Bürotür hinter sich ins Schloss.

Victoria hatte sich von den Kollegen der Schutzpolizei nach Hause in den Jagdweg 14 fahren lassen, um vor der Versammlung noch zu duschen und sich frische Kleidung anzuziehen. Ihr Anrufbeantworter blinkte. Dreimal war es ihre Mutter, sie hatte allerdings keine Nachricht hinterlassen. Patrick hatte auf den Anrufbeantworter gesprochen:

»Hallo, Vicky, es tut mir leid, dass ich dich heute Morgen so angefahren habe. Ich habe gehört, was passiert ist. Ich wollte nicht so fies zu dir sein. Ruf mich mal an.«

Nachdem sie ausgiebig geduscht und sich angezogen hatte, trug sie etwas Schminke auf und föhnte sich die Haare. Vorsichtig löste sie das Pflaster ab. Ihre Handfläche hatte sich weiter entzündet und an der weißen Innenseite des Pflasters klebte etwas gelber Eiter. Sie strich Wundsalbe auf die verletzte Stelle und umwickelte die Hand mit einem weißen Verband.

Danach lief Victoria die Treppe hinunter durch den Flur in die Küche. Mehrmals rief sie nach ihrer Katze Lilly. Doch sie zeigte sich nicht. Wahrscheinlich ließ sie sich mal wieder von Victorias Onkel und Tante, die nebenan wohnten, mit Tafelspitz verwöhnen und hatte längst vergessen, dass hier ihr Zuhause war. Victoria betätigte die Pad-Maschine und ließ sich einen Cappuccino einlaufen. Mit der Tasse in der Hand marschierte sie ins Wohnzimmer und setzte sich auf die weiße Ledercouch. Sie legte die Beine hoch und zog sich die schwarze Decke, die am Fußende lag, bis zur Hüfte nach oben. Dann stellte sie die Tasse auf den Glastisch, der an den Seiten und den Beinen mit Goldpartikeln verziert war. Hier wollte sie auf Martin warten, der versprochen hatte, sie gegen neunzehn Uhr abzuholen.

Victoria nutzte die verbleibende Zeit, um ihre Mutter anzurufen. Diese erzählte, dass im Dorf schon alle denkbaren Spekulationen über den Mord angestellt worden seien.

Außerdem sei Pias Mutter Sabine nur noch ein nervliches Wrack. Der Arzt habe sie ins Krankenhaus bringen lassen wollen, was Sabine vehement abgelehnt habe. Manfred kümmere sich liebevoll um seine Frau und die anfallenden schmerzlichen bürokratischen Angelegenheiten, die der Tod eines Menschen mit sich bringt. Immer wieder betonte Victorias Mutter, welch ein liebes Kind Pia gewesen sei, das keiner Fliege etwas zuleide tun konnte. Sie berichtete detailliert von fernen Tagen, als Pia ein kleines Mädchen gewesen war. Immer wenn sie bei Victorias Eltern in der Hauptstraße zu Besuch war, hatte ihr Weg schnurstracks zu der Obstschale geführt, die auf der Küchenanrichte stand, und sie hatte sich einen Apfel gemopst und sofort verspeist. Dabei hatte sie stets betont, dass sie noch nirgendwo so süße und saftige Äpfel gegessen hätte wie die von Victorias Vater, der gleich drei Apfelbäume im Garten stehen hatte. Ihre Mutter lachte ins Telefon, aber gleichzeitig hörte Victoria sie schluchzen und stellte sich vor, wie gerade eine Träne ihr Gesicht hinabrollte.

Nach dem Ende des Gesprächs nahm Victoria die Fernbedienung und schaltete das dritte Programm, den SWR RP, ein. Die Nachrichten wussten nichts von dem Verbrechen in Malberg zu berichten. Stattdessen wurden in der Landesschau sämtliche Karnevalssitzungen und -umzüge vorgestellt, die in Rheinland-Pfalz stattgefunden hatten, darunter auch der Malberger. Ein Funkenmariechen aus Mainz und ein Clown aus Bad Kreuznach waren zu Gast, sie zeigten mit einem Tanz und einer Büttenrede ihr karnevalistisches Gen.

Victorias Gedanken schweiften ab. Niemand hätte vermutet, dass Malberg einmal Schauplatz eines so schrecklichen Verbrechens werden würde. Das beschauliche Dorf lag umrandet von Wäldern im Norden des Westerwaldes, an der äußersten Spitze des Bundeslandes Rheinland-Pfalz. Die Einheimischen waren wilde Feste gewohnt, war Malberg doch Anziehungspunkt für Menschen aus nah und fern zu Karneval und Kirmes. Seit Jahren stiegen die Besucherzahlen stetig. Damit hatten sich auch die Kontrollen bei diesen beiden Großveranstaltungen immens verstärkt, und Sicherheitspersonal sowie Polizei mussten anrücken.

Auch Victoria war ab einem Alter von vierzehn zwei Jahre lang mit den Funkenmariechen aufgetreten. Bei Prinzenproklamationen und Sitzungen befreundeter Vereine hatten sie die Beine geschwungen. Den Höhepunkt jeder Session bildete die eigene Karnevalssitzung im Festzelt. Später – bei Eintritt in die Oberstufe des Gymnasiums in Wissen – hatten schulische Verpflichtungen und der wachsende Zeitaufwand Victorias kurzer Tanzkarriere ein Ende gesetzt. Sie war nicht sehr traurig darüber gewesen, machten doch immer wieder Gerüchte im Dorf die Runde, dass die Gruppe wegen innerer Streitigkeiten zu zerfallen drohe.

Abrupt beendete die Türklingel Victorias Reise in die Vergangenheit.

Als sich alle Anwesenden im an den Thekenraum angrenzenden Saal, der für Geburtstags- und Beerdigungskaffees sowie Versammlungen der örtlichen Vereine genutzt wurde, eingefunden hatten, kam der Kellner der Gaststätte Schäfer, um die Getränkebestellungen aufzunehmen. Er war zwanzig Jahre alt und studierte in Siegen Wirtschaftsinformatik. Da er erst seit gut einer Woche mit diesem Nebenjob sein Studium aufbesserte und noch keine größere Gesellschaft bedient hatte, wirkte er heute beim Anblick der vielen Gäste überfordert.

Jeder beeilte sich, an dem langen Holztisch, auf dem heute eine blütenweiße Tischdecke lag, einen Platz zu finden. Stühle wurden gerückt und kratzten über die grauen Bodenfliesen. Die Beamten setzten sich auf die Tischreihe an der Längsseite des Raumes, die normalerweise für das Kuchenbüfett reserviert war.

»Ein Bier, noch ein Bier, eine Cola, ein Bier, noch eine Cola, eine Apfelschorle«, wiederholte der Kellner, indem er mit dem rechten Zeigefinger auf jeweils die Person wies, die das entsprechende Getränk bestellt hatte.

»Ich hatte keine Cola, sondern ein Spezi bestellt«, sagte ein kräftiger Mann mit Glatze, der am linken Kopfende des Tisches saß.

»Okay, also ein Bier, noch ein Bier, eine Cola, ein Bier, ein Spezi, eine Apfelschorle, nein, zwei Apfelschorlen, ein Bier … Moment, ich hole einen Zettel.« Mit diesen Worten wandte er sich zur Tür und schlurfte in seinen grauen Sneakers, aus denen orangefarbene Strümpfe blitzten, davon.

Martin konnte sich ein Schmunzeln nicht verkneifen. »Ist der immer so?«, kicherte er leise.

Victoria zuckte mit den Schultern und stupste ihn mit dem Ellbogen in die Seite.

Normalerweise wurde jedes Zusammentreffen der Karnevalsfreunde mit einem dreifach donnernden Helau begonnen. Doch heute gab es keinen Schlachtruf. Heute schwang niemand triumphierend den Arm dazu. Auch die Handfahnen, die bei den Auftritten geschwenkt wurden, hatte niemand mitgebracht. Sie waren in den Vereinsfarben Blau-Rot gestaltet und zeigten das Logo der Karnevalsfreunde – ein lachendes Funkenmariechen.

»Liebe Freunde …« Der Vorsitzende der Karnevalsfreunde, Frank Müller, erhob sich von seinem Stuhl. Seine dunkelblonden Haare, sein sportliches Aussehen und seine zarte Sonnenbräune – entweder war er kürzlich im warmen Süden gewesen oder Stammgast im Sonnenstudio – ließen ihn dynamisch und jugendlich wirken. Ein Sonnyboy. Victoria wusste, dass er Anfang dreißig war, war er doch in der Grundschule zwei Klassen über ihr gewesen. Danach hatte er die Realschule in Gebhardshain besucht, anschließend eine Lehre zum Bürokaufmann gemacht.

»Wir haben uns heute hier versammelt, um nach den tragischen Ereignissen der letzten Nacht unseres lieben Vereinsmitgliedes Pia Becker zu gedenken. Darum lasst uns eine Minute innehalten und für Pia beten.«

Er setzte sich wieder hin und strich sein schwarzes Hemd über dem kleinen Bauchansatz glatt. An den Armen zeichneten sich seine Muskeln ab. Drei junge Mädchen der Funkenmariechen – sie waren im Alter von Victorias Schwester Karla – fingen an zu schluchzen und hielten sich Taschentücher vor den Mund.

Müller stand wieder auf und fuhr fort: »Pia, mit deiner lebenslustigen Art warst du ein Geschenk für unsere Funkenmariechen. Auch als Solomariechen hast du uns mitgerissen und begeistert. Du warst immer für die Mädchen da und hattest stets ein offenes Ohr. Wenn ein Mädchen Probleme mit der Schrittabfolge hatte, hast du angeboten, ein zusätzliches Training mit ihm zu veranstalten, um die Schrittkombinationen zu trainieren. Du bist …« Müller verbesserte das »bist« zu einem »warst« und kämpfte ebenfalls mit den Tränen. Es gelang ihm nicht, den Satz zu beenden. Er ließ sich wieder auf seinen Stuhl sinken und vergrub das Gesicht in seinen Händen, die er auf dem Tisch abstützte. Die Mädchen neben ihm schluchzten noch immer.

Minutenlang hingen alle ihren Gedanken nach, nippten teilweise an ihren Getränken, in ihren versteinerten Mienen spiegelte sich das Unbegreifliche. Victoria fühlte sich den Malbergern verbunden, hatte sie doch hier ihr ganzes Leben verbracht. Sie erinnerte sich an ihre behütete Kindheit; sie und ihre Freundinnen hatten die Sommer unbeschwert draußen im Freien verbracht, auf den saftigen Wiesen getobt oder im Wald Schnitzeljagd gespielt. Sie schaute in die Runde. Der Blick in die verunsicherten und betroffenen Gesichter ließ ihr die Seele schwer werden. Sie musste diesen Fall unbedingt lösen, so schnell wie möglich. Auch wenn der Kriminalinspektionsleiter das Koblenzer K11 hatte benachrichtigen müssen, wollte *sie* Licht in das schreckliche Verbrechen bringen. Das war sie den Malbergern schuldig.

»Liebe Mitbürgerinnen und Mitbürger!« Plötzlich ergriff Ortsbürgermeister Stefan Weber, der dem Vorsitzenden gegenübersaß, das Wort, wuchtete seinen massigen Körper aus dem Stuhl, strich sich die kaum mehr vorhandenen Haare glatt und marschierte – die Arme auf dem Rücken verschränkt – um den Tisch herum.

»Pia hat unser Dorf bei ihren Auftritten stets glänzend

repräsentiert und war ein willkommener und umjubelter Gast. Bei all dem Unheil, das der Familie Becker letzte Nacht widerfahren ist, dürfen wir nicht vergessen, dass es bei diesem äußerst fürchterlichen Verbrechen auch um den Ruf der Karnevalsfreunde und vor allem um den unseres Dorfes geht.« Wie bei allen öffentlichen Veranstaltungen versuchte er, seinen Dialekt zu unterdrücken und perfektes Hochdeutsch zu sprechen, was ihm nur mäßig gelang.

»Ich als Bürgermeister kann und werde es nicht zulassen, dass ein solches Geschehnis die Attraktivität des Ortes Malberg als Wohnort zerstört.«

Alle schauten ihn mit großen, ungläubigen Augen an, ein Raunen zog durch den Saal, doch Stefan Weber machte unbeirrt weiter. »Bedenken Sie bitte, dass wir – im Hinblick auf das neu entstehende Industriegebiet und auf den anstehenden Baubeginn im Jagdweg – den Mantel des Schweigens über dieses Verbrechen legen müssen. Ich denke, die Polizei wird uns in dieser Angelegenheit tatkräftig unterstützen.« Er lächelte in Richtung der Beamten und zwinkerte ihnen verschwörerisch zu. »Ich hoffe, dass wir den Täter möglichst schnell dingfest machen. Ich danke Ihnen für Ihre Aufmerksamkeit.« Er zog sein schwarzes Jackett aus, auf seinem weißen Hemd zeigten sich an den Achseln große Schweißflecken. Dann streckte er – ein Bier ordernd – seinen Kopf in den angrenzenden Thekenraum und kehrte zu seinem Platz zurück.

Victoria fragte sich, wie der Ortsbürgermeister sich zu solch gefühllosen und abgebrühten Äußerungen hatte hinreißen lassen können. Ein junges Mädchen war auf abscheuliche Art und Weise ermordet worden, die Eltern hatten ihr einziges Kind verloren, und seine größte Sorge war die Attraktivität des Dorfes!

Martin flüsterte Victoria bitter zu: »*Wir?* Habe ich das richtig verstanden? *Wir* wollen den Täter möglichst schnell dingfest machen? Was will der denn bitte schön machen? Der spinnt doch!«

Victoria schüttelte unterdessen den Kopf darüber, dass

Weber die Anwesenden ständig gesiezt hatte. In Malberg, wo jeder jeden kannte, war es üblich, sich zu duzen.

Da alle betreten über die Rede des Bürgermeisters vor sich hin blickten, erteilte Frank Müller den Beamten das Wort. Victoria überließ Martin das Rederecht. Dieser stellte sich vor und fragte in die Runde, ob jemand zwischen dem späten Samstagnachmittag und dem frühen Sonntagmorgen ungewöhnliche Beobachtungen rund um Sport- und Festplatz gemacht habe. Weiter wollte er wissen, ob in diesem Bereich verdächtige Personen aufgefallen seien, die in Zusammenhang mit dem Verbrechen stehen könnten. Nachdem niemand Anstalten machte, etwas zu sagen, fuhr er fort: »Außerdem interessiert uns, mit wem Pia im Laufe der Nachmittags- und Abendstunden gesehen wurde und ob sie sich anders verhalten hat als sonst.«

Zögernd hob eines der Mädchen, die neben dem Vorsitzenden saßen und eben geweint hatten, die Hand. Es war Katharina Wüst, die beste Freundin von Victorias Schwester Karla. Wie Pia tanzte sie bei den Funkenmariechen und erklärte, sie sei während des Umzuges die ganze Zeit neben Pia gegangen, zusammen habe man Schnaps an die Zuschauer ausgeschüttet und den einen oder anderen Bekannten getroffen.

Neben ihr pflichtete Yvonne Meier sofort bei: »Ja, das stimmt. Ich bin hinter den beiden gegangen. Im Zelt habe ich Pia dann noch ein paarmal getroffen, sie war wie immer. Wir haben ein oder zwei Bier zusammen getrunken, dann musste ich mit meinem Freund nach Hause gehen, der war ziemlich«, sie wand sich, schob dann aber doch noch ein »voll« hinterher.

Katharina meldete sich wieder zu Wort: »Kurz vor Mitternacht habe ich sie im Zelt mit Hannes Becher gesehen. Der war doch schon immer scharf auf sie. Hat sie angebaggert bis zum Gehtnichtmehr. Ihr war das anscheinend unangenehm. Ich stand jedenfalls bei einigen Jungs aus unserem Männercorps, wissen Sie, etwa zwei Meter von Pia entfernt. Da hab ich gesehen, wie der Hannes auf sie zugekommen ist. Ich glaube, sie hat ihm sogar eine geklatscht, weil er sie anfassen wollte oder so. Als ich das nächste Mal hingesehen habe, waren beide verschwunden.«

Das dritte Mädchen, Alina Schulze, bekräftigte sofort die Aussage: »Ja, ich war bei Katharina. Ich habe das auch gesehen. Auf einmal waren die weg. Die arme Pia. Meine beste Freundin. Hoffentlich fassen Sie den Täter, und er kommt lebenslänglich hinter Gitter. Die arme Pia.« Alina brach ab und schnäuzte sich erneut in ihr Papiertaschentuch. Ihre Augen füllten sich mit Tränen. Katharina nahm sie in den Arm.

Im Hinausgehen redete Bürgermeister Stefan Weber eindringlich auf die Beamten ein. Er lebe in großer Sorge um seine Mitbürgerinnen und Mitbürger und wolle sofort über jeden neuen Hinweis oder Tatverdächtigen informiert werden. Er habe seit den frühen Morgenstunden keine Ruhe mehr. Man müsse ihn verstehen. Immerhin sei er für seine »Schäfchen verantwortlich, und in dieser schwierigen Stunde müssen wir doch alle zusammenhalten«.

Die Beamten erklärten ihm ruhig, dass Ermittlungsergebnisse der Öffentlichkeit nicht zugänglich gemacht werden könnten. Sobald der Täter gefasst sei, werde man ihn informieren.

Zum Abschied schlug er mit einem »Du bist auch ein Malberger Mädchen« Victoria auf die Schulter, wodurch er sich vermutlich in die Position eines Verbündeten erheben wollte.

»Diesen Hannes Becher sollten wir uns mal vornehmen«, stellte Martin mit einem Blick auf seine Armbanduhr fest, als die beiden Beamten im Auto saßen. In Anbetracht der bereits fortgeschrittenen Uhrzeit – beide Zeiger standen auf der Elf – wollten sie den Besuch bei Hannes Becher auf den nächsten Tag verschieben. Victorias Augen waren ganz klein vor Müdigkeit, immerhin hatte sie vergangene Nacht nur knapp vier Stunden geschlafen und war seit halb sieben auf den Beinen. Sie gähnte ununterbrochen im Auto und war froh, dass der Kollege sie die paar Meter in den Jagdweg 14 fuhr.

Hannes Becher wohnte in einem verklinkerten Haus in der Hachenburger Straße im Malberger Ortsteil Steineberg. Als die Beamten um neun Uhr klingelten, öffnete die Mutter die Haustür. Hannes schlafe noch, war ihre Antwort auf Victorias Erkundigung, ob ihr Sohn zu sprechen sei. Die bohrenden Fragen der Mutter, ob ihr Sohn etwas angestellt habe und ob ihr Besuch mit dem Mord an Pia Becker zu tun habe, ließen die Beamten aber unbeantwortet und drängten stattdessen weiter darauf, mit Hannes zu sprechen. Schließlich bat die Mutter sie ins Haus und geleitete sie in die Küche. Dann verschwand sie, um ihren Sohn zu holen. Victoria nahm an dem hölzernen Küchentisch, an dem ebensolche Stühle standen, Platz. Die Küche war modern und sehr geschmackvoll eingerichtet: weinrot mit einer tiefschwarzen Arbeitsplatte. Es roch nach Kaffee und frischem Brot. Ein unbenutztes Gedeck stand noch auf dem Küchentisch, ein anderes, wahrscheinlich benutztes, auf der Spüle aus Chrom.

Hannes' Mutter Margret kehrte ohne ihren Sohn zurück und vertröstete Martin und Victoria mit den Worten: »Der Hannes kommt gleich. Er muss sich nur schnell etwas überziehen.«

Dann wandte sie sich dem benutzten Geschirr zu und räumte es in die schwarze Spülmaschine. Ihr Aussehen wollte so gar nicht zu der schicken Küche passen, denn die Frau trug eine karierte Kittelschürze, unter der eine graue Leggings und ein gelber Pullover hervorstachen, und beige Wollpantoffeln. Sie wirkte wie siebzig, dabei mochte sie gerade einmal Mitte fünfzig sein.

Das Angebot eines Kaffees lehnten die Beamten dankend ab. Auch auf das offerierte Wasser verzichteten sie.

»Wissen Sie«, begann die Mutter unvermittelt, »der Hannes, das ist ein guter Junge. Er hat seinen Vater im Alter von neun Jahren verloren – Autounfall.« Obwohl Margret Victoria kannte, siezte sie sie in ihrer Funktion als Polizistin. Margret machte ein bedrücktes Gesicht. »Die Zeit danach war sehr schlimm für ihn. Nacht für Nacht litt er unter Alpträumen. Ich musste sogar mit ihm zum Kinderpsychologen, aber alles hat nichts geholfen. Dann irgendwann, nach vielleicht fünf Jahren, haben die Träume von heute auf morgen aufgehört, einfach so. Ich konnte mich immer auf ihn verlassen. Er erledigt seitdem alle Arbeiten, die um das Haus anfallen, und …«

Die Tür ging auf, und Hannes betrat die Küche. Der Neunzehnjährige absolvierte zurzeit eine Ausbildung zum Anlagenmechaniker im Nachbarort Steinebach. Über das verlängerte Karnevalswochenende hatte er sich freigenommen. Sein azurblaues Hemd wies zahlreiche Knitterfalten auf. Auf der linken Seite hatte er es in die verwaschene Jeans gesteckt, auf der rechten hing es darüber. Sein Haar war dunkelblond wie das seiner Mutter, aber im Gegensatz zu ihrer schulterlangen Mähne nur wenige Millimeter lang. Seine Bartstoppeln verrieten, dass er sich seit ein paar Tagen nicht mehr rasiert hatte.

»Guten Morgen«, begrüßten ihn die Beamten freundlich.

»Morgen«, grummelte er zurück wie einer, der gern noch einige Stunden liegen geblieben wäre. Victorias Aufforderung folgend, nahm er ihr gegenüber Platz.

»Es geht um den Mord an Pia Becker«, eröffnete nun Martin das Gespräch und belehrte ihn zunächst über seine Rechte und Pflichten als Zeuge.

»Mama, kannst du uns bitte allein lassen«, forderte Hannes seine Mutter auf.

»Aber …«, stotterte sie, und ihre Augen füllten sich mit Tränen. Dann brachte sie heraus: »Junge, du bist es doch nicht gewesen, oder? Hannes, du hast sie doch nicht ermordet!« In ihren Augen lag ein Flehen, und sie suchte in dem Gesicht ihres Sohnes nach einer Antwort auf ihre Fragen. Hannes aber hüllte sich in Schweigen, senkte den Kopf und wischte imaginäre Brotkrümel von der Tischplatte. Die

Beamten blickten die Mutter bittend an, die daraufhin die Küche verließ.

Martin sah zu Hannes und begann: »Zeugen haben uns erzählt, dass Sie sich kurz vor Mitternacht mit Pia Becker im Festzelt unterhalten haben. Ist das richtig?«

Hannes nickte, dann fügte er hinzu: »Glauben Sie etwa, dass ich was mit dem Mord zu tun habe?«

»Wir wollen Ihnen nur ein paar Fragen stellen«, erwiderte Martin ruhig. »Ist es also richtig, dass Sie Pia Becker kurz vor ihrem Tod im Festzelt getroffen haben?«

»Ja, verdammt«, entrüstete sich Hannes ob der gelassenen Art des Beamten. Seine Augen verengten sich zu Schlitzen, und er schien innerlich zu kochen.

»Okay, dann erzählen Sie uns bitte, was an diesem Abend zwischen Ihnen und Pia passiert ist. Wie ist Ihre Begegnung verlaufen?«

»Nichts ist gelaufen«, blaffte Hannes die Beamten an und legte die Hände auf den Tisch. »Wir sind uns zufällig über den Weg gelaufen, haben kurz miteinander gesprochen, und dann ist sie weggegangen.«

»Wohin ist sie gegangen?«, fragte Martin.

»Das weiß ich doch nicht! Sie ist aus dem Zelt gelaufen.« Hannes zog – wie um sich zu beruhigen – langsam die flachen Hände über die Holzplatte, sodass es laut quietschte.

»Zeugen haben beobachtet, wie Sie sich mit Pia Becker gestritten haben.« Martin legte Strenge in seine Stimme.

»Gestritten. Was heißt hier schon gestritten? Seit ich denken kann, bin ich verliebt in dieses Mädchen, aber die hat mich nicht mal mit dem Hintern angesehen. Kennen Sie dieses Gefühl?« Hannes blickte Martin direkt in die Augen, er ballte die rechte Hand zu einer Faust, bis die Knöchel weiß hervortraten. »Ich habe ihr Blumen geschickt, sie bei Festen immer zum Tanzen aufgefordert und sie zum Essen eingeladen, aber die blöde Kuh ist nicht mal gekommen.«

Um ihn weiter aus der Reserve zu locken, sagte Martin: »Manchmal muss man einfach akzeptieren, dass die Angebetete kein Interesse hat.«

Minutenlang schwieg Hannes, als denke er über die Sinnhaftigkeit dieser Aussage nach.

»Wie dem auch sei«, setzte Martin erneut an, »haben Sie sich in der Mordnacht mit Pia Becker gestritten?«

Hannes antwortete prompt: »Sagen wir so, wir hatten eine Meinungsverschiedenheit. Ich hatte getrunken, wahrscheinlich zu viel getrunken, ich hab ihr Avancen und eindeutige Angebote gemacht, und dann hat sie …« Er schwieg, begann, mit den Fingerkuppen auf der Tischplatte zu tippeln, und fügte dann kleinlaut »… mir eine geklatscht« hinzu.

»Was ist danach passiert?«, bohrte Martin weiter.

»Das hab ich doch schon gesagt. Sie ist gegangen.«

»Und was haben Sie gemacht?«

»Ich bin zu den Toilettenwagen in Richtung Grundschule gegangen. Ich hatte ein dringendes Bedürfnis, wenn Sie verstehen.«

»Und danach?« Martin sah ihn herausfordernd an.

»Bin ich wieder ins Zelt, glaub ich jedenfalls, oder nein …« Hannes überlegte krampfhaft und versuchte, die Erinnerungslücken zu füllen. Er seufzte: »Ich war so betrunken, ich kann mich beim besten Willen nicht mehr an jedes Detail erinnern. Ich … aber ich habe sie nicht umgebracht.« Flehend schaute er zu Victoria, dann zu Martin und schließlich wieder zu Victoria.

Martin hielt dagegen: »Wenn Sie nicht mehr wissen, was Sie getan haben, wer sagt uns, dass Sie Pia Becker nicht den Krämerweg hinunter gefolgt sind und sie ermordet haben?«

»Ich bin kein Mörder!« Wütend sprang er vom Stuhl auf, sodass dieser nach hinten wegkippte und mit der Lehne auf die Küchenfliesen schlug. Von seiner heftigen Reaktion selbst überrascht, hob Hannes den Stuhl auf und setzte sich wieder an den Tisch. Er strich sich über die verschwitzte Stirn und rieb sich die Augen.

Dann erklärte er ruhig und mit leiser, monotoner Stimme: »Als ich von den Toilettenwagen gekommen bin, bin ich noch zum Zigarettenautomaten, der unterhalb des Bürgerhauses steht. Danach bin ich wieder ins Zelt und irgendwann nachts nach Hause. Irgendwer wird mich ja wohl noch da gesehen haben.«

»Wir werden das überprüfen«, kündigte Martin an und stellte die letzten beiden Fragen: »War Pia irgendwie anders als sonst? Haben Sie eine Veränderung an ihr bemerkt?«

»Die war wie immer: zickig und abweisend.« Plötzlich schwang ein trauriger Unterton in seiner Stimme mit. Gedankenverloren blickte er durch die Küche und schien zu begreifen, dass sich seine Liebe zu diesem Mädchen nun nie mehr erfüllen konnte.

»Wir werden Sie dann in den nächsten Tagen vorladen, um Ihre Aussage zu Protokoll zu nehmen. Bitte halten Sie sich zu unserer Verfügung«, beendete Martin die Vernehmung.

Als Victoria den ersten Stock der Polizeiinspektion betrat, hätte sie fast der Schlag getroffen. Die Tür zu ihrem Büro stand sperrangelweit offen, und zwei fremde Männer waren gerade dabei, es zu annektieren.

Ohne ein Wort der Begrüßung blaffte Victoria ein »Was machen Sie denn bitte schön hier?« in Richtung der Männer.

Der eine – ein schlaksiger Typ Anfang vierzig, zwischen dessen hellblonden Strähnen dunkelblondes Naturhaar schimmerte – saß an ihrem Schreibtisch auf ihrem Schreibtischstuhl, hatte die Dose mit den Büroklammern vor sich entleert und schien diese nachzuzählen. Der andere war etwa zehn Jahre jünger, trug mitten im Winter ein neongrünes Poloshirt mit kurzen Ärmeln, dazu Jeans und Markenturnschuhe und war gerade dabei, Akten aus einer schwarzen Laptoptasche zu räumen und in leere weiße Aktenkörbe, die auf dem Schreibtisch standen, zu sortieren. Er hatte kurzes tiefschwarzes Haar und einen ebensolchen Kinnbart.

Victoria trat an den Schreibtisch, griff nach der leeren Dose und sah, dass der Mann die vor ihm liegenden Büroklammern nach Farben – von hell nach dunkel – sortiert hatte.

»Guten Morgen erst einmal.« Er blickte sie an und legte schützend die Hand über die Büroklammern, als habe er Angst, Victoria könnte seine säuberlich hergestellte Ordnung zerstören. »Sie sind bestimmt Oberkommissarin Victoria Fischer, oder?« Er streckte ihr seine rechte Hand hin. Jetzt hielt er den kompletten linken Arm über sein Büroklammerkunstwerk.

»Und Sie sind?« Victoria griff seine Hand und schüttelte sie kurz.

»Kriminalhauptkommissar Michael Walter vom K11 in Koblenz.«

Als er Victorias kritischen Blick bemerkte, schob er ein »Angenehm« nach.

Sie schwiegen kurz, Walter sortierte die noch verbleibenden zwei Klammern – eine blaue und eine pinke – in seine Farbenkomposition ein. Victoria hätte gern ihren Kommentar dazu abgegeben, in Anbetracht des Arbeitsfriedens schüttelte sie aber nur kaum merklich den Kopf. Dann ergriff Walter erneut das Wort: »Das ist mein Kollege, Kriminaloberkommissar Daniel Peters.«

Peters stand jetzt an der gegenüberliegenden Wand des Büros und blätterte dort im Papier des Flipcharts. Als er seinen Namen hörte, drehte er sich zu Walter um, winkte Victoria zu und begrüßte sie mit einem kurzen »Hi«. Verlegen strich er sich durch seinen Kinnbart. Walter zählte unterdessen die Büroklammern durch, indem er die Zahlen vor sich hin murmelte.

»Warum, wenn ich fragen darf, sitzen Sie hier an meinem Schreib…«, begann Victoria, doch Walter unterbrach sie abrupt. Sie hasste Menschen, die einen nicht ausreden ließen. Das konnte ja eine tolle Zusammenarbeit werden.

»Wissen Sie eigentlich, Frau Kollegin, dass sich eine ungerade Anzahl von Büroklammern in Ihrer Dose befindet?« Erwartungsvoll starrte er sie an.

Victoria betrachtete ihn prüfend, ob er einen Scherz mit

ihr machen wollte. Da sich seine Haltung allerdings nicht veränderte, schien er tatsächlich eine Antwort zu erwarten.

Sie bemühte sich um Gelassenheit, als sie antwortete: »Nein, das weiß ich nicht. Ich habe allerdings nicht jeden Tag die Zeit, die Büroklammern durchzuzählen.«

»Ich muss unbedingt das Geschäftszimmer informieren, damit dieser Fehler behoben wird.« Er nahm den Hörer ab und wählte.

Victoria drückte die Gabel nach unten; sofort wurde es still im Hörer. Dann platzte sie heraus: »Hören Sie, Herr Kriminalhauptkommissar Walter«, dabei sprach sie seinen Dienstgrad und Namen übertrieben deutlich und erhaben aus. »Wir haben hier wichtigere Dinge zu erledigen – nämlich einen Mord an einem jungen Mädchen aufzuklären. Um die Büroklammern …«

»Ach, Sie haben sich schon mit der Kollegin vom K1 bekannt gemacht.« Kriminalinspektionsleiter Weigel stand in der Tür und musterte Victoria eindringlich. Diese suchte nach einer Rechtfertigung für ihr Verhalten.

»Ich habe Herrn Walter nur gezeigt, wie unsere Telefone funktionieren.« Schuldbewusst lächelte sie ihren Chef an.

Der ordnete an: »Wir treffen uns in zehn Minuten im Besprechungsraum, um die Kollegen aus Koblenz über den derzeitigen Stand der Ermittlungen zu informieren.« Weigel sah ebenfalls die ausgebreiteten Büroklammern und blickte irritiert zu Walter. Dieser öffnete die Dose und begann, die Büroklammern – farblich sortiert – darin zu stapeln.

Dann wandte sich Weigel Victoria zu. »Du kommst noch mit in mein Büro.«

Ohne ein weiteres Wort verließ er das Zimmer, und Victoria eilte ihm hinterher. Auf dem Flur flüsterte sie so laut, dass ihr Chef es hören konnte: »Ich kann diesen komischen Vogel schon jetzt nicht ausstehen!«

In der folgenden Standpauke verlangte Weigel von seiner Mitarbeiterin mehr Respekt gegenüber den Kollegen, um die

Zusammenarbeit nicht unnötig zu erschweren und um vor allem den Mordfall gemeinsam und schnellstmöglich zu lösen.

»Bevor ich das vergesse: Die Koblenzer Kollegen bekommen für die Dauer der Ermittlungen dein Büro zur Verfügung gestellt. Du und Martin teilt euch bis dahin sein Büro. Das Präsidium hat für Walter und Peters zwei Zimmer in der Bürgergesellschaft reserviert. Übrigens haben die in Koblenz die gleichen Telefone«, endete Weigel seine Ermahnung.

»Aber wie sollen wir …«, wollte Victoria protestieren und stemmte die Hände in die Hüften.

»Das ist eine Dienstanweisung, klar?«, wehrte der Chef energisch ab. Dann fügte er neckisch hinzu: »Falls du damit nicht einverstanden bist, haben wir im Keller auch noch Zellen. Eine davon könntest du dir einrichten.«

Victoria machte auf dem Absatz kehrt und verließ zornig das Büro.

Wenige Minuten später saßen Weigel, Martin, Victoria und die Koblenzer Kollegen um den Tisch im Besprechungsraum. Der Kriminalinspektionsleiter bat – wohl um weiteren Wutausbrüchen Victorias vorzubeugen – Martin, die bisherigen Ermittlungsergebnisse zu referieren. Walter griff nach einem Blatt Papier und einem Kugelschreiber, von denen mehrere auf dem Tisch ausgebreitet lagen. Martin berichtete derweil über die Vernehmung von Hannes Becher. Er habe zwar jegliche Schuld von sich gewiesen, da er aber mit der Toten kurz vor der Tat Streit gehabt habe, könne man ihn als Täter nicht gänzlich ausschließen und müsse dahingehend weiterermitteln.

Walter störte offensichtlich, dass sein Kugelschreiber aus einem grünen Unter- und einem roten Oberteil bestand. Gerade als er das Gegenstück in der Mitte des Tisches erblickte und danach griff, hakte Victoria ein: »Immerhin hat er ein Motiv. Er hat bekannt, seit Jahren in Pia Becker verliebt gewesen zu sein, sie hat ihn – so auch in der Mordnacht – stets zurückgewiesen. Weiter hat er zugegeben, dermaßen betrunken gewesen zu sein, dass er sich nicht mehr an jede Einzelheit erinnern kann.«

Walter fing an, beide Kugelschreiber auseinanderzubauen, um sie danach vermeintlich richtig zusammenzusetzen. Weigel beobachtete Walters Operation ungläubig. Nachdem dieser sein Werk vollendet hatte, legte er den roten Kugelschreiber in die Mitte des Tisches, den grünen auf sein Blatt Papier und lehnte sich zufrieden zurück. Dabei hatte er nicht beachtet, dass auf den einen Kugelschreiber »PI Betzdorf« und auf den anderen »Betzdorf PI« gedruckt war, wobei jeweils das erste Wort auf dem Unter- und das zweite Wort auf dem Oberteil des Kugelschreibers stand. Fatalerweise prangte auf seinem nun das Wort »PIPI«.

Martin referierte unterdessen weiter, dass jegliche Spur von der Kleidung des Opfers noch immer fehle. Nach Auskunft des Vaters habe sie ebenfalls eine kleine rote Tasche, in der sich unter anderem ihr Handy und ihr Portemonnaie befunden haben müssten, mit sich geführt, die ebenfalls verschwunden sei. Das royalblaue Leinentuch – so habe man herausgefunden – sei ein Massenprodukt, das von einer schwedischen Möbelhauskette hergestellt wurde.

»Außerdem wurde die Leiche vom Blut gereinigt und in eine Pose gelegt. Dazu ihre Nacktheit! Alles wirkt wie eine bewusste Inszenierung. Wir müssen herausfinden, was der Täter damit erreichen wollte.« Martins Stimme wurde eindringlich.

»Ich habe die Fotos gesehen«, meldete sich Peters zu Wort. »Sie war doch bei den Malberger Funkenmariechen, oder?« Er blickte Weigel an, der reagierte mit einem kurzen Nicken und murmelte »Das Solomariechen« vor sich hin.

Peters kratzte sich am Kopf, dann fuhr er fort: »Wir sollten uns dringend die Funkenmariechen vorknöpfen, vielleicht hatte sie dort Feinde oder Neider. Wenn sie der Star war, wer weiß, vielleicht wollte jemand sie durch die makabre Inszenierung bloßstellen.«

Im Folgenden beschlossen die Beamten noch, mit Lucius Schwarz von der Lokalredaktion Betzdorf der Rhein-Zeitung zu reden, damit er in der Ausgabe des nächsten Tages ein Zeugengesuch veröffentlichte. Weigel wies gerade an, das nähere Umfeld der Toten genauer zu beleuchten, als seine Sekretärin Stefanie Greb in den Besprechungsraum platzte: »Chef, entschuldigen Sie bitte, aber …« Sie war völlig außer Atem und rang nach Luft, als hätte sie einen Marathonlauf hinter sich.

Weigel, der ein Nichtanklopfen normalerweise nicht tolerierte, schien den Ernst der Lage zu begreifen und drängte: »Was ist denn passiert, Frau Greb?«

Ihr hastiges Atmen wurde von einem rasselnden Unterton begleitet. Sie holte tief Luft, dann sprudelte es aus ihr heraus: »Die Schutzpolizei hat gerade angerufen. Zwei Spaziergänger haben in Malberg in der Senner Wiese am Wasserablauf eine männliche Leiche gefunden.«

Blitzschnell sprangen die fünf Beamten auf und eilten Richtung Ausgang. Stefanies Ringen nach Luft, gepaart mit dem schnellen Reden, mündete in einen heftigen Hustenanfall.

Victoria und Martin fuhren in ihrem Dienstfahrzeug, einem schwarzen Toyota Auris, von Gebhardshain kommend zum Schwedengraben und bogen dort in Richtung Hommelsberg ab. Das Dorf Malberg bestand aus den beiden Ortsteilen Hommelsberg und Steineberg. Hommelsberg lag versteckt im Tal, die Umgehungsstraße führte durch Steineberg, wo sie in die Richtungen Rosenheim und Hachenburg abzweigte. Noch waren die Bäume, die links und rechts die Fahrbahn säumten, kahl und die Blattknospen zart, doch in den Frühlings- und Sommermonaten spross hier dichtes Grün. Auf der rechten Seite schloss der Wald mit ein paar hohen Tannen ab. Dies hier war Victorias Nachhauseweg, und sie liebte es, an warmen Tagen durch diese Allee von saftigem Grün zu fahren und die unberührte Natur auf sich wirken zu lassen.

Da ihnen die Ortskenntnis fehlte, folgten die Koblenzer Kollegen Victoria und Martin in ihrem silberfarbenen Audi A6.

Den schmalen Splittweg, der von der Kurve im Malberger Tälchen zum Wasserablauf in der Senner Wiese führte, verstopften bereits mehrere Streifenwagen. Martin lenkte den Toyota in die gegenüberliegende Haltebucht, die genügend Platz für die beiden Wagen der Kripobeamten bot. Sie überquerten die K 120 und liefen in Richtung Tatort.

Durch die Senner Wiese, unmittelbar neben dem Splittweg und dem Wald gegenüber, schlängelte sich ein kleiner Bach. Ein schwarzes Rohr leitete einen Teil seines Wassers zum Wasserablauf, wo es aus dem etwa ein Meter fünfzig hohen Rohr auf dicke graue Steine plätscherte. Landwirte, die über den Sommer ihre Rinder oder Schafe auf den umliegenden Wiesen grasen ließen, füllten ihre Wasserwagen und Weidetränken hier oft mit dem klaren Bachwasser auf.

Der Wind pfiff durch die kahlen Wipfel der Bäume, die den Weg säumten. Zu ihrer Rechten lag ein tiefer Wald, der – wenn man ihn durchquerte – zur Dicken Eiche führte, einer Eiche, die so mächtig war, dass sie von den Einheimischen diesen Namen erhalten hatte. Wie oft hatte sich Victoria schon gefragt, wenn sie unter ihr gesessen hatte, wie viele Jahre dieser Baum schon auf dem Buckel haben mochte und was er in dieser Zeit wohl erlebt hatte. In der Nähe der Eiche führte die Alte Poststraße entlang, ebenfalls ein unbefestigter Weg, auf dem in früherer Zeit die Postkutsche gefahren war.

Schon von Weitem sahen sie das rot-weiße Absperrband flattern. Es herrschte eine betretene Atmosphäre. Die Mitarbeiter der Spurensicherung wuselten geschäftig am Tatort umher und suchten ihn auf verwertbare Spuren ab. Keiner sagte ein Wort. Hin und wieder erklang der Auslöser eines Fotoapparates. Die beiden Spaziergänger – ein älteres Ehepaar – saßen einige Meter entfernt auf zwei Baumstümpfen und wurden von einem Sanitäter des DRK Hachenburg betreut. Unter den Augen der Frau klebte verschmierte Wimperntusche. Vermutlich hatte sie geweint.

»Hoffentlich haben die die Schulterglatze Rosenthal heute zu Hause gelassen. Nicht, dass der sich wieder ins Hemd macht.« Martin versuchte einen Witz in das eisige Schweigen hinein, doch er kam damit nicht an. Bei der Kripo wurden Polizeikommissaranwärter gemeinhin als Schulterglatze bezeichnet, da sie noch keinen Stern auf den Schultern trugen.

»Der Tote heißt Manuel Pfeiffer. Er wohnt in der Schulstraße.« Florian empfing Victoria, Martin und die Koblenzer Beamten am Absperrband. »Er ist der …«

»Exfreund von Pia Becker«, vollendete Victoria den Satz.

»Der Freund«, verbesserte Florian und machte eine Handbewegung in Richtung Leiche. »Hat das Ehepaar gesagt«, er deutete mit dem Kopf zu den beiden.

»Nein, die beiden haben sich vor wenigen Wochen getrennt.«

Als sie den Tatort erreichten, bot sich ihnen ein Bild des Grauens. Manuel Pfeiffer lag bäuchlings mit dem Gesicht auf den schweren grauen Steinen, auf die das Wasser aus dem Rohr plätscherte. Sein Kopf war durch die Wassereinwirkung merkwürdig aufgedunsen. Mit dem Körper lag er halb auf dem angrenzenden Grünstreifen und halb auf dem Splittweg. Sein linker Arm war zur Seite verrenkt, am Oberarm klebte eine blutgetränkte Binde.

»Da die Leichenflecken voll ausgeprägt sind und die Leichenstarre aufgehoben ist, ist er bereits länger als vierundzwanzig Stunden tot. Zur Todesursache kann ich noch keine genauen Angaben machen. Wir haben nur leichte Verbrennungen in seinem Nacken gefunden, die auf den Einsatz eines Elektroschockers hindeuten könnten«, trug Florian mit starrem Blick auf die Leiche die bisherigen Erkenntnisse vor.

»Vierundzwanzig Stunden … Demnach ist er kurz nach Pia Becker ermordet worden.« Martin zog mit Daumen und Zeigefinger mehrfach seine Unterlippe vor und ließ sie wieder in die Ausgangsposition zurückspringen.

»Er hat noch zu Hause gewohnt. Warum haben die Eltern

ihn nicht als vermisst gemeldet?« Victoria stellte die Frage in den Raum, ohne dass sie eine Antwort erwartete.

Michael Walter hatte, seit sie den Leichenfundort betreten hatten, noch kein einziges Wort gesprochen. Nur Laute wie ein unzufriedenes »Hm« oder ein kritisches »Ah« kamen aus seinem Mund.

Zwei Bestatter trugen einen dunklen Blechsarg zum Tatort.

»Guten Tag, da sind Sie ja«, rief Florian ihnen entgegen und wandte sich von den Beamten ab.

»Sieht ganz nach einem Serienmörder aus«, warf Peters ein und erntete für diese Spekulation einen missbilligenden Blick seines Chefs.

»Das wollen wir doch nicht hoffen.« Victoria ging in die Hocke, um den Toten näher zu betrachten. »Das Blut?« Sie sah zu Florian.

»Das hätte ich fast vergessen. Das Blut kann unmöglich von dem Toten stammen.«

»Dieser verzerrte Arm … sieht so aus, als hätte der Täter ihn erst nach dem Mord unter dem Körper hervorgezogen. Außerdem sollten wir uns dringend noch einmal diesen Hannes Becher vornehmen. Vielleicht hat er nicht nur seine Angebetete getötet, sondern auch deren Exfreund«, sprach Martin seine Gedanken laut aus.

Ratlosigkeit trat in Victorias Augen. Das zweite Opfer in zwei Tagen. Wieder ein Malberger. Wieder jemand, den sie gut kannte. Warum mussten Pia und Manuel sterben? Warum wurden sie so sehr gehasst? Hatten sie es mit demselben Täter zu tun? Hatte er es auf die Malberger Bürger abgesehen? Ein beklemmendes Gefühl kroch durch Victorias Körper. Ihre ganze Familie wohnte hier: Vater, Mutter, Schwester, Tante und Onkel. Sie musste sie beschützen. Aber wie? Hier war ein fanatischer Täter am Werk. Victoria fasste sich an die Stirn, die schweißnass war, obwohl sich die Temperaturen heute um den Gefrierpunkt bewegten. Vielleicht würde es sogar noch einmal schneien. Sie öffnete den Reißverschluss ihres Mantels. An ihrer Hüfte blitzte die

Dienstwaffe Walther P99 Q hervor. Sie mussten dringend die Verbindung zwischen den beiden Morden aufdecken. Falls es ein nächstes Opfer geben sollte, konnten sie es nur so retten.

Mit den Worten »Die Binde am Arm wirkt wie eine Kapitänsbinde« riss Daniel Peters Victoria aus ihren Gedanken.

»Manuel Pfeiffer ist, besser gesagt, er *war* Kapitän und Torwart der ersten Mannschaft der Fußballfreunde Malberg.« Victoria brach ab, doch die Kollegen schwiegen. Sie zögerte einen Moment, bevor sie weitersprach: »Womöglich stehen die Morde in Zusammenhang mit den Malberger Vereinen.«

Um den ortsfremden Beamten die Arbeit zu erleichtern, beschloss Walter, dass er von nun an mit Martin Kleinschmidt das eine Ermittlerteam bilden werde, Victoria und Daniel Peters das andere.

»Herr Kleinschmidt und ich werden Hannes Becher jetzt einen weiteren Besuch abstatten. Da Manuel Pfeiffer nur wenige Stunden nach Pia ermordet wurde, die noch dazu seine Exfreundin war, sollten wir uns darüber bewusst werden, dass er unser Hauptverdächtiger ist.« Während Walter die Worte aussprach, hielt er die Hände, die Finger gespreizt, weit vom Körper weg.

Victoria sollte unterdessen gemeinsam mit Peters die Überbringung der Todesnachricht an die Eltern des Opfers übernehmen. Während Martin bereits auf dem Beifahrersitz des Audi Platz genommen hatte, kramte Walter im Kofferraum in einem Rucksack, beförderte schließlich eine Fusselrolle zutage und fuhr mit dieser wild fuchtelnd über seinen schwarzen Anzug. Danach holte er ein Fläschchen desinfizierendes Handgel hervor, träufelte eine großzügige Portion auf seine linke Handfläche und verrieb es in den Händen, dass es nach allen Seiten spritzte.

Daniel Peters, der bereits mit Victoria im Toyota saß, sah deren fragenden Blick und bemerkte nur mit einem zynischen Lächeln: »Leichenallergie.« Sie startete den Motor und fuhr Richtung Ortseingang.

»Hannes Becher hatte seiner ersten Aussage von heute früh nichts hinzuzufügen. Nachdem seine Angebetete ihn abserviert hat, ist er zu den Toilettenwagen gegangen, danach zum Zigarettenautomaten, von da ins Zelt zurück und hat sich die Kante gegeben. Irgendwann in den frühen Morgenstunden ist er nach Hause gegangen. Oder vielmehr getorkelt.« Martin kritzelte mit dem Kugelschreiber chinesische Zeichen auf ein weißes Blatt Papier.

Harsch wurde er von Michael Walter angefahren: »Ich verbitte mir, dass Sie das Mordopfer als ›Angebetete‹«, er machte eine ausladende Handbewegung und näselte das Wort »Angebetete«, dass es affektiert klang, »titulieren und dann in dieser Bauernsprache über unseren Hauptverdächtigen herziehen. Das konnten Sie vielleicht früher so handhaben«, zornig fixierte er Weigel, der geschäftig in einer Akte blätterte, »jetzt weht hier ein anderer Wind, meine Damen und Herren, und da gelten meine Regeln!«

Sie saßen im Besprechungsraum der Kriminalinspektion Betzdorf. Der Februar, im Westerwald weitläufig als Schneemonat bekannt, hatte seinem Namen alle Ehre gemacht und Frau Holle kräftig die Betten ausschütteln lassen.

Martins Lippen formten ein leises »Entschuldigung«, doch sein Augenrollen verriet, dass er das mehr aus Höflichkeit verlauten ließ, als dass er es ernst meinte.

»Außerdem verstehe ich nicht, wie Sie in dieser Unordnung arbeiten können. Papier und Stifte haben nicht einfach auf dem Tisch zu liegen. Herr Weigel, bitte sorgen Sie dafür, dass hier ein Ordnungssystem aufgebaut wird. Ich kann diese Schlamperei nicht ausstehen!«

Florian kicherte leise vor sich hin.

»Kollege Kleinschmidt, bitte fahren Sie fort.« Walter sagte das in einem harschen Befehlston, als würde er vor einer

Kompanie Soldaten stehen, denen er an ihrem ersten Tag in der Kaserne sagen müsste, was sie zu tun hätten.

Martin hatte die Angewohnheit, die Sachlage vor Kollegen ausgeschmückt und betont flapsig vorzutragen. Das erzeugte immer wieder den einen oder anderen Lacher auf den sonst ernsten Konferenzen. Vor Zeugen oder Verdächtigen ließ er sich zu so etwas nie hinreißen, sondern ermittelte beharrlich und präzise. Unbeeindruckt vom rauen Wind, der in der Polizeiinspektion nun Einzug zu halten schien, fuhr er in gewohnter Manier fort: »Wir überprüfen gerade, ob und wie lange Zeugen ihn nach Mitternacht noch im Zelt gesehen haben. Becher beteuert nach wie vor seine Jungfräulichkeit, äh, ich meine, seine Unschuld.«

»Wenn Sie Ihre Arbeit nicht ernst nehmen, wie es Ihre Äußerungen erkennen lassen, sollten Sie einmal überlegen, ob der Polizeidienst das Richtige für Sie ist«, tadelte Walter Martin erneut und schnalzte vorwurfsvoll mit der Zunge.

Sein ständiges Kichern ließ Florian Schuster krebsrot anlaufen, er hielt sich seinen Handrücken vor den Mund und schloss die Augen, um sich zu beruhigen. Er musste an etwas anderes denken, um nicht laut loszulachen. Er dachte an seine Mutter, wie sie ihm als Kind so oft den Hintern versohlt hatte, weil er seiner Schwester mal wieder Schimpfwörter beigebracht hatte. Doch heute funktionierte das Ablenkungsmanöver nicht, und Sekunden später prustete er los.

»Sind wir denn im Kindergarten? Ich verlange von Ihnen, Herr Weigel, dass Sie Ihren wilden Haufen unter Kontrolle bekommen. Wo hat man mich denn hier hingeschickt? Tiefste Provinz und ein Verhalten wie in der Steinzeit!«

»Aber …«, wollte Weigel für sein Team eintreten, doch Walter ließ ihn nicht zu Wort kommen.

»Wenn Sie für den Polizeidienst nicht geeignet sind, finden wir sicher ein paar neue Aufgaben für Sie. Die Blätter Papier in den Kopierern beispielsweise müssen noch nachgezählt werden, und falls es unterschiedliche Anzahlen gibt, sollte dies schnellstmöglich vom Geschäftszimmer ausgeglichen werden.«

Verdutzt blickten sich Weigel, Victoria, Martin und Florian der Reihe nach an und dachten über die Ernsthaftigkeit dieser Aussage nach. Nur Daniel Peters wirkte unbewegt und treu ergeben. Er informierte die anderen über den Besuch bei Manuel Pfeiffers Eltern, die sich beim besten Willen nicht vorstellen konnten, wer ihren Sohn ermordet hatte. Er sei bei Freunden, Kollegen und Spielerkameraden beliebt und geschätzt gewesen. »Für sie war es nicht weiter ungewöhnlich, dass ihr Sohn den ganzen Sonntag nicht nach Hause gekommen ist. Er hat oft mehrere Tage bei der jeweils aktuellen Freundin verbracht und dort übernachtet. Zwar haben sie versucht, ihn – nachdem Pias Leiche gefunden worden war – zu erreichen, aber er hat sich nicht gemeldet. Sie sind dann davon ausgegangen, dass er auf der Party ein Mädchen kennengelernt hat. Er hat nach Angaben der Eltern noch sehr an Pia gehangen und gehofft, dass sie ihm noch eine Chance gibt.«

Florian trug die ersten Ergebnisse der Obduktion, die soeben aus Mainz eingetroffen waren, vor. »Der Todeszeitpunkt von Manuel Pfeiffer liegt etwa zwischen drei und fünf Uhr in der Nacht von Samstag auf Sonntag. Er ist also kurz nach Pia Becker ermordet worden.«

»Was wollte er mitten in der Nacht am Wasserablauf?« Victoria griff nach einem der Gläser, die auf dem Tisch standen, und goss sich aus einer Plastikflasche Wasser ein.

»Er war bestimmt nicht zufällig dort. Jemand hat ihn dort hingelockt«, orakelte Peters.

Es trat eine betretene Stille ein. Victoria nippte an ihrem Wasser. Martin kritzelte weiter Zeichen auf ein Blatt Papier. Weigel stand auf und öffnete ein Fenster, ein eisiger Wind zog durch den Besprechungsraum.

Schließlich gab Walter Florian mit einem Nicken zu verstehen, dass er fortfahren solle. Dieser erklärte, dass Pfeiffer zunächst mit einem Elektroschocker außer Gefecht gesetzt worden und dann durch einen Schlag mit einem stumpfen Gegenstand gegen den Hinterkopf getötet worden sei. Bei der Tatwaffe handle es sich vermutlich um einen herumliegenden

Stein. Das Blut an seiner Armbinde stamme zweifelsfrei von Pia Becker. Der Leichenfundort sei zugleich der Tatort.

»Dann haben wir es also wirklich mit demselben Täter zu tun. Er hat Pias Leiche mit dem Tuch gesäubert und dieses anschließend um Manuels Arm geheftet. Er wusste also schon, dass sie nicht das einzige Opfer bleiben würde.« Victoria drehte ihre Uhr am Handgelenk, sodass sie das Ziffernblatt lesen konnte. Es zeigte achtzehn Uhr.

»Die Überprüfung der Verkehrsdaten von Pia Beckers Handy durch den Mobilfunkanbieter hat ergeben, dass sie in der Mordnacht sechs SMS erhalten und eine verschickt hat. Und jetzt haltet euch fest, Kollegen.« Martins Körper vibrierte vor Anspannung. Fünf Augenpaare starrten ihn erwartungsvoll an.

Walter schlug mit der flachen Hand auf den Tisch. »Wir drehen hier doch keinen Kriminalfilm und müssen die Spannung hochhalten, um die Zuschauer in die Werbepause schicken zu können. Jetzt rücken Sie endlich raus mit der Sprache, Kleinschmidt.«

»Fünf erhaltene SMS lassen sich eindeutig der Nummer von Hannes Becher zuordnen. Aber der Knaller ist ...« Er machte eine Kunstpause.

Wieder schlug Walter auf den Tisch, diesmal mit der geballten Faust.

»Die abgegangene SMS wurde erst nach Pias Tod verschickt. Sie ging an die Handynummer von Manuel. Der hat daraufhin noch eine Antwort-SMS an Pia, also, ich meine, an ihr Handy geschrieben.«

»Also ist unsere Theorie richtig. Der Täter hat sich Pias Handy angeeignet, damit Kontakt zu Manuel aufgenommen und ihn vermutlich zum Wasserablauf gelockt, um ihn dort zu töten.« Jetzt griff auch Peters zu der Wasserflasche, nahm sich aber kein Glas, sondern trank direkt aus der Flasche.

»Über den Inhalt der SMS können wir nichts sagen. Dazu müssen wir das Handy der toten Pia Becker finden. Falls der Täter die SMS noch nicht gelöscht hat.« Martin knüllte das bekritzelte Papier zusammen.

»Vielleicht trägt der Täter es noch bei sich«, sagte Peters.

Victoria stützte nachdenklich den Kopf in die Hand. So viele Gedankenschnipsel wirbelten ungeordnet durch ihr Gehirn. Es fiel ihr schwer, sich zu konzentrieren, denn immer wieder flackerte die Angst vor etwas Ungreifbarem in ihr auf. Schließlich stellte sie fest: »Unmöglich ist das nicht. Aber was will er damit noch machen? Inzwischen weiß jeder, dass Pia Becker tot ist und keine SMS mehr verschicken kann. Er würde sich verraten. Sicherer wäre es auf jeden Fall für ihn, das Handy irgendwo zu entsorgen.«

»Mit Gewissheit können wir sagen, dass es zurzeit ausgeschaltet ist«, warf Martin ein.

»Die Kollegen der Bereitschaftspolizei müssen anrücken und beide Tatorte weiträumig nach Spuren absuchen.« Weigel stand auf, schloss das Fenster, griff nach dem Telefon, das sich auf der Fensterbank befand, und wählte die Nummer von Stefanie Greb.

Mit einem »Ich kläre das. Bis morgen, Kollegen, und einen schönen Feierabend« erklärte er die Besprechung für beendet.

Auf dem Weg in Martins, ihr derzeit gemeinsames Büro machte Victoria einen Abstecher zu ihrem ehemaligen, nun von den Kollegen annektierten Arbeitsplatz. So aufgeräumt war er nicht mehr gewesen, seit sie dort eingezogen war. Dies lag keineswegs an fehlendem Ordnungssinn ihrerseits, sondern vielmehr am augenscheinlichen Reinlichkeitsfimmel von Hauptkommissar Walter. Mit Sicherheit war es hier steriler als im Operationssaal eines Krankenhauses. Sie suchte auf dem Schreibtisch nach dem Bild ihrer Katze Lilly, doch es war entfernt worden. Wegen ihrer ungünstigen Dienstzeiten hatte sie sowieso nur wenig Zeit für den kleinen weißen Stubentiger, da wollte sie ihn wenigstens auf der Arbeit in Form eines Fotos immer bei sich haben. Zum Glück wohnten ihre Tante Franziska und ihr Onkel Erwin im Nachbarhaus und hüteten Lilly oft als Gastkatze.

Sie kramte in ihren Schreibtischschubladen nach dem

Foto. Wo sich sonst Schmierpapier und unsortierte Unterlagen stapelten, war alles – exakt Kante auf Kante – in verschiedenfarbige Schnellhefter geheftet. Ihr geheimes Schokoladenfach, in dem sie mindestens eine Jahresration Süßigkeiten aufbewahrte, war leer. Da bemerkte sie Walter, der im Türrahmen lehnte und sie beobachtete.

»Kann ich Ihnen helfen?«, fragte er beiläufig.

»Ich suche das Foto von meiner Katze.«

»Diese weiße Bakterienschleuder ...«, setzte er an, doch Victoria unterbrach ihn scharf.

»Das ist keine Bakterienschleuder. Das ist eine liebe Katze.«

»Sie wissen doch überhaupt nicht, wo sich Ihr Liebling immer herumtreibt und was er alles frisst. Wie unhygienisch.« Er schüttelte sich und verzog angewidert das Gesicht.

»Sagen Sie mir einfach, wo das Foto ist.« Eine unsagbare Wut auf diesen Kerl stieg in ihr auf. Was bildete der sich nur ein?

»Ich habe Ihre persönlichen Sachen in einen Karton gepackt und in die Küche gestellt.« Grinsend kam er auf sie zu. Sie zog die Augenbrauen hoch, packte kampfeslustig die Dose mit den nach Farben sortierten Büroklammern und schüttelte sie kräftig durch.

Um Wertsachen oder persönliche Gegenstände musste man sich bei der Polizei keine Sorgen machen, allerdings galten Nahrungsmittel jeglicher Art als Diebstahlgegenstand Nummer eins. Die Befürchtung bestätigte sich sofort, als Victoria die Küche betrat: Ihre persönlichen Besitztümer waren unangerührt, von den Süßigkeitenvorräten zeugte nur noch der von Schokoladenpapier überquellende Mülleimer.

»Vicky, ich hab Maja versprochen, heute pünktlich zu kommen, und ich bin schon zu spät. Ich kann nicht mit.« Martin hatte die Jacke um die Schultern gehängt, den Lederkoffer in der Hand und spielte mit dem Autoschlüssel.

»Bitte, Martin, du musst mitkommen«, flehte Victoria.

»Vicky, Maja hat uns zu einem asiatischen Kochkurs angemeldet. Ich hab schon die letzten zwei Kursabende verpasst. Die dreht mir den Hals um und verarbeitet mich zu Sushi.«

»Martin!«, drängte sie und tippelte von einem Fuß auf den anderen.

»Du bringst mich in Teufels Küche.«

Victoria merkte, wie Martins Entschluss zu schwanken begann. Gern hätte er sich vor dem unliebsamen Kochkurs gedrückt und wäre mit Victoria zum Training der ersten Mannschaft der Fußballfreunde Malberg gefahren, um dort mehr über Manuel Pfeiffer zu erfahren. Zu groß war allerdings die Angst vor der Reaktion seiner Frau. Sie verbrachten aus beruflichen Gründen sehr wenig Zeit miteinander.

»Komm, bitte, gib dir einen Ruck«, quengelte Victoria weiter. »Oder willst du von Walter zu neuen Aufgaben verurteilt werden?« Sie betonte die Wörter »neue Aufgaben« bewusst neckisch-erhaben und malte dabei mit den Zeigefingern imaginäre Anführungszeichen in die Luft, um deutlich zu machen, dass sie lediglich Walter zitierte.

»Von Pipi mit dem Pipikuli?« Martin zwinkerte.

Sie lachten los, und Victoria hielt sich den Bauch. Nach einigen Minuten hustete Martin zweimal laut aus, um zur Ernsthaftigkeit zurückzufinden, was zu einem erneuten Lachanfall von Victoria führte.

»Ich kann wirklich nicht. Nicht heute. Frag doch den Peters. Der ist noch im Büro.« Martin ließ Victoria einfach stehen und verschwand durch die Tür.

»Danke, Kollege. Wirklich«, raunte sie ihm hinterher und stapfte missmutig zu Daniel Peters.

Der Schneefall war versiegt und hatte keine weißen Spuren hinterlassen. Die zwanzig Spieler übten gerade Dribbling um Pylonen. Die Flutlichter tauchten den neuen Rasenplatz in ein grelles, unnatürliches Licht. Das Gras schimmerte feucht. Alle Spieler trugen blau-rote Trainingsanzüge und hatten schwarze Wollmützen auf dem Kopf. Trainer Uwe Orthen klatschte jedes Mal in die Hände, wenn ein neuer

Spieler starten sollte. Da er Handschuhe trug, hörte sich das Klatschen dumpf an.

An diesem Abend blieb das Tor leer, obwohl sonst alles wie immer wirkte. Auch die beiden Ersatztorhüter trauten sich nicht, in das heilige Reich von Manuel Pfeiffer einzubrechen. Die Fußstapfen, die er hinterlassen hatte, waren noch zu groß.

Victoria lehnte mit den Unterarmen auf der Bande und scharrte mit den Füßen in dem roten Splitt. Bis vor einigen Jahren hatte dieser Splitt den gesamten Platz bedeckt, doch dann hatte die Gemeinde endlich genug Geld zusammen, um einen modernen Kunstrasenplatz errichten zu können. Früher konnte jeder jederzeit hier trainieren, doch seit der Sanierung schützte ein rund vier Meter hoher Zaun das Gelände. Das Eingangstor war stets verschlossen, den Schlüssel hütete Bürgermeister Stefan Weber wie ein Wachhund. Weber lehnte jede Anfrage von auswärtigen Vereinen, die auf dem Rasenplatz trainieren wollten, rigoros ab. Es ging sogar das Gerücht um, er bewahre den Schlüssel zu Hause in einem eigenen Tresor auf.

Daniel Peters betrachtete anerkennend das Können der Spieler. »In welcher Liga spielt ihr noch mal?«, erkundigte er sich, ohne den Blick vom Rasenplatz abzuwenden.

»In der Rheinlandliga. Wir sind schon mehrfach Meister der Bezirksliga Ost geworden.«

Victoria fragte sich, warum Daniel »ihr« sagte, wo sie nichts zu diesem Erfolg beigetragen hatte. Wahrscheinlich vermutete er, dass alle Malberger Fans ihres Fußballvereins wären und sich somit mit diesem identifizierten. Victoria hatte sich bisher weder für Fußball noch für die Fußballfreunde Malberg sonderlich interessiert. Umso mehr verwirrte sie, warum sie dennoch mit »wir« geantwortet hatte. Sie hatte es satt, dass die meisten Auswärtigen das Dorf nur wegen der zwei großen Ks – Karneval und Kirmes – und wegen des Fußballs kannten.

Lobend pfiff Peters durch die Zähne. »Aber das sind doch keine Profis, oder? Ich meine, die machen das doch nicht hauptberuflich?«

»Nein, die haben alle noch einen richtigen Beruf …«

»Schluss für heute, Jungs.« Trainer Orthen klatschte dreimal in die Hände, und sein Atem zeigte sich in der Luft.

Während er sich zu Victoria und Peters bewegte, klaubte ein Spieler die Pylonen zusammen und lief dann hinter den anderen her zum Seiteneingang des Bürgerhauses, in dessen Untergeschoss sich die Duschen und Umkleidekabinen befanden.

»Wir dachten, es wäre das Beste, wenn wir der Situation etwas Normalität zurückgeben. Manuel hätte nicht gewollt, dass wir wegen ihm auf das Training verzichten«, rechtfertigte Orthen die absolvierte Einheit.

»Wie geht es Ihnen und den Spielern?«, erkundigte sich Peters.

»Wir sind alle traurig und schockiert. Wir können das alles nicht begreifen. Er war der Star der Mannschaft. Hat Victoria Ihnen erzählt, dass wir nur wegen ihm den vergangenen Aufstieg geschafft haben? Er hat im letzten Spiel zwei Elfmeter gehalten! Überhaupt war er bei der Abwehr von Elfmetern unschlagbar.« Orthens Augen wurden feucht. Er schaute nach oben, zeigte gen Himmel und sagte dann: »Ich muss das Flutlicht noch ausschalten.«

»Wie würden Sie Manuel Pfeiffer beschreiben? Welchen Charakter hatte er?«, überging Peters Orthens Einwand.

»Loyal, kollegial, er hat sich mit allen gut verstanden. Er hatte keine Feinde innerhalb der Mannschaft, wenn Sie das meinen. Er war so ein warmherziger junger Mann. Ich kann nicht glauben, dass er überhaupt Feinde hatte.«

Victoria nickte betroffen, als würde sie ihm beipflichten. »Wir würden gern noch mit den Spielern sprechen, Uwe.«

»Das ist kein Problem, Victoria. Ich schalte nur schnell das Flutlicht aus, sonst muss ich mir wieder Beschwerden über den Stromverbrauch anhören. Dann sage ich denen Bescheid, dass wir uns alle in fünf Minuten oben im Bürgerhaus treffen.«

Victoria und Daniel Peters saßen im Bürgerhaus auf der Heizung am Fenster. Die warme Luft an ihrem Hintern tat

Victoria gut, doch ihren übrigen Körper erfasste die Wärme nicht. Sie presste die Hände auf die grün gestrichenen Metallschlitze, bis sich die Muster in ihren Handinnenflächen zeigten. Auf der Abschürfung, die sie sich gestern Morgen zugezogen hatte, hatte sich eine harte Kruste gebildet. Sie konnte nicht glauben, dass es erst gestern gewesen war, so hatten sich die Ereignisse in der Zwischenzeit überschlagen.

Die zwanzig Spieler saßen im Halbkreis um die Beamten, viele wirkten in sich gekehrt, andere konnten das Schweigen nicht ertragen, erzählten durcheinander von Manuel, dem Karnevalsumzug und der Angst ihrer Familien.

Victoria ließ sie reden, vielleicht ergab sich dadurch ein neuer Hinweis oder eine Spur. Sie kannte das. Wenn sie nach speziellen Ereignissen oder Begebenheiten fragte, fühlten sich viele durch die beklemmende Vernehmungsatmosphäre gehemmt und konnten sich nicht mehr richtig erinnern. Oder sie fühlten sich dazu genötigt, eine Aussage zu machen. Sie setzten sich unter Druck, weil sie glaubten, Ermittlungshilfe leisten zu müssen, und so erzählten sie dann Dinge, die schlichtweg falsch waren oder zu stark ausgeschmückt. In einer lockeren Atmosphäre mit Freunden konnten sie sich besser den Ballast von der Seele reden.

Ein Satz von Mittelfeldstratege Thorsten Kind ließ Victoria aufhorchen.

»Diesem Frederik Schumacher traue ich echt nicht über den Weg. Es würde mich nicht wundern, wenn der da seine Finger im Spiel hat«, hatte Thorsten Kind gesagt.

Sofort pflichteten andere ihm lautstark bei, und es fielen sogar Begriffe wie »Vereinsausrottung« oder »Gemeinschaftshass«.

»Wenn ich das richtig verstehe, verdächtigt ihr Frederik Schumacher aus der Höhenstraße?«, mischte sich Victoria mit lauter Stimme, die das allgemeine Gemurmel sofort beendete, ein.

Peter Schmidt band sich den rechten Schuh und sah die Beamten nicht an, als er sagte: »Vicky, du weißt doch selbst, was der alles auf dem Kerbholz hat.«

»Genau!« Jan Baumann klatschte mit der flachen Hand auf den Hallenboden und zählte es an den Fingern auf. »Der hat uns nicht nur einmal das Netz vom Fußballtor zerschnitten. Dann hat er dem Sven die Reifen zerstochen …«

»Die Polizei hat den Täter nie feststellen können«, ermahnte Trainer Orthen seine Jungs, keine voreiligen Schlüsse zu ziehen.

»Aber der Marvin und der Steffen haben ihn doch gesehen, als er mit der Gartenschere vom Sportplatz kam.« Sven Wagner stopfte sich ein Hustenbonbon in den Mund und flitschte das Papier durch die Halle. »Der wird ja wohl kaum die Sträucher hier beschnitten haben. Und nicht zu vergessen: Es war bereits dunkel an diesem Abend und Mitte November. Wer schneidet da überhaupt noch Sträucher?« Er klopfte sich mehrfach mit dem Fingerknochen gegen die Stirn und schüttelte dabei energisch den Kopf.

»Der hat uns von den Kirmesfreunden letztes Jahr wegen Ruhestörung angezeigt, weil wir angeblich beim Aufstellen vom Kirmesbaum während der Mittagsruhe zu laut waren. Der spinnt doch!«, stellte sich Steffen auf die Seite seiner Mitspieler.

Auch Orthen gab schließlich zu, dass Frederik Schumacher keine Gelegenheit ausgelassen habe, um sich über die Malberger Vereine zu beklagen. Wenn die Rhein-Zeitung über eine gelungene Veranstaltung in Malberg berichte, schreibe er sogar Leserbriefe, in denen er das Vereinsleben und die Veranstaltung in den Dreck ziehe.

»Wenn es dem hier nicht gefällt, kann er doch wieder ins Rheinland ziehen, wo er herkommt«, fauchte Thorsten Kind.

»Und er hat eine Überwachungskamera in die Mädchenumkleide gebaut, um sich an den Mädels der Funkenmariechen aufzugeilen. Also, wenn das nicht reicht, dann weiß ich es auch nicht.« Sven Wagner ging zu seinem weggeworfenen Bonbonpapier, hob es auf und steckte es in die Hosentasche seines Trainingsanzugs.

»Aber deswegen bringt er doch nicht gleich jemanden

um«, beschwichtigte Orthen erneut und warf Victoria einen ängstlichen Blick zu.

Orthen versuchte, sachlich zu argumentieren, dass niemandem mit diesen ungerechtfertigten Beschuldigungen geholfen sei. Er wollte sein Team vor den drohenden Konsequenzen schützen. In den Augen der jungen Männer verhielt er sich allerdings illoyal und zog dadurch ihren Ärger auf sich.

Orthen unterstützend, verteidigte Victoria das von ihm Gesagte. »Wir werden Schumacher überprüfen und ihm genauestens auf den Zahn fühlen.«

Von links nuschelte eine Stimme: »Das will ich auch hoffen«, wobei Victoria nicht ausmachen konnte, wer da gesprochen hatte.

Sie drehte ihren Kopf nach links und sagte mit Nachdruck: »Davon könnt ihr ausgehen.«

Ein Raunen zog durch die Halle, einige Spieler klimperten bereits mit ihrem Autoschlüssel und machten deutlich, dass sie endlich nach Hause wollten.

»Ich verspreche euch, dass wir alles tun werden, damit der Täter schnellstmöglich gefasst wird.«

Plötzlich herrschte allgemeine Aufbruchsstimmung. Der Aufruf der Kriminalbeamten, dass sich die Spieler, falls ihnen noch etwas einfalle, dringend mit ihnen in Verbindung setzen sollten, ging im erneut einbrechenden Gemurmel unter. Orthen versprach, sich darum zu kümmern.

»Wo bekommt man denn hier um diese Zeit noch etwas Anständiges zu essen?«, fragte Daniel Peters Victoria mit einem nachdenklichen Blick auf seine Uhr, als die beiden im schwarzen Toyota saßen. »Ich habe seit dem Frühstück heute Morgen nichts mehr zwischen die Zähne bekommen und könnte einen Bären verdrücken.« Er strich sich mit der Hand durch seinen schwarzen Kinnbart.

»Wir könnten nach Marienstatt ins Brauhaus fahren«, schlug Victoria vor.

Noch bevor Peters einwilligen konnte, startete sie den Motor und lenkte den Wagen auf die Schulstraße.

»Sie dulden anscheinend keine Widerworte.« Er lächelte sie an, und seine weißen Zahnreihen blitzten hervor. Victoria zog herausfordernd die rechte Augenbraue nach oben, was Peters wegen der Dunkelheit aber nicht sehen konnte.

Peters fand aus Prinzip alle Autositze zu unbequem. Um sich wohler zu fühlen, hatte er deshalb immer ein Reisenackenhörnchen in seinem Dienstkoffer, das er nun hervorholte und um seinen schmerzenden Nacken schlang. Dann grunzte er zweimal behaglich.

Victoria liebte den urigen Stil des Brauhauses. Die dunklen Holztische mit ebensolchen Stühlen sorgten für eine heimelige Atmosphäre. Auf jedem Tisch stand ein Bierkrug aus Keramik, darin befanden sich das Besteck und die Servietten. Es roch nach Braten und Klößen. Insgesamt gab es hier drei Gasträume: einen in dem Raum, in dem sich auch die Theke befand, den nächsten im angrenzenden Zimmer und den dritten ein Stockwerk tiefer bei dem Braukessel. Da nur wenige Leute anwesend waren, entschieden sich die beiden für einen Tisch in der hinteren linken Ecke des ersten Gastraumes.

Die Abtei Marienstatt gehörte zum Bistum Limburg und lag zwischen Streithausen und Hachenburg. Das Zisterzienserkloster war bereits im 13. Jahrhundert gegründet worden. Neben Klostergebäude und Brauhaus umfasste Marienstatt eine frühgotische Kirche, eine Bibliothek, eine Buch- und Kunsthandlung sowie ein privates Gymnasium.

Einmal im Jahr pilgerten zum großen Wallfahrtstag, der immer eine Woche nach Fronleichnam stattfand, mehrere tausend Menschen nach Marienstatt, um gemeinsam einen Gottesdienst unter freiem Himmel zu feiern und ihren Glauben zu leben. Im Jahr 2004 hatte das Brauhaus seine Pforten geöffnet. Es war für das selbst gebraute Marienstatter Klosterbräu über die Grenzen des Westerwaldes hinaus bekannt.

Victoria bestellte, da sie noch fahren musste, lediglich eine Cola und das Pfannengemüse mit Rosmarinkartoffeln und Kräuterquark. Sie schwärmte für die verschiedenen Gemüse- und Kräutersorten, die die Mönche in ihrem Garten während der Sommermonate liebevoll anbauten. Peters wollte das Klosterbräu probieren und entschied sich weiter für ein Brauhausschnitzel.

»Ihr habt ja doch schöne Ecken in der Provinz«, lachte er und nahm sich ein Besteck aus dem Bierkrug.

»Ach, Provinz.« Victoria stieß einen abwertenden Laut aus. »Ich bin hier aufgewachsen. Ich könnte mir niemals vorstellen, in der Stadt zu leben. Du musst … oh, Entschuldigung, Sie müssen …«

»Daniel«, sagte er kurz und prostete ihr mit seinem Klosterbräu zu.

»Victoria.« Victoria stieß so heftig mit ihrem Glas gegen seinen Krug, dass etwas Cola auf den Holztisch und ihre Hand schwappte. Daniel zog eine Serviette aus dem Krug, umfasste ihre Finger mit der einen und wischte mit der Serviette in der anderen Hand ihren Handrücken ab. Dann putzte er die Pfütze auf dem Tisch auf, zerknüllte die Serviette und legte sie auf den freien Platz neben sich.

Sie lächelte ihn an. »Du musst im Frühling und Sommer mal herkommen. Im Biergarten wirst du an schönen Tagen kaum einen freien Platz ergattern. An Sonntagen fahren ganze Busse hierher«, Victoria machte mit beiden Händen eine ausladende Bewegung, »um die Idylle zu genießen.« Sie geriet ins Schwärmen: »Dann müssen wir mal den Rundwanderweg an der Nister entlanggehen. Auch die Allee, die zur Kirche führt, ist einfach wundervoll. Sollte ich eines Tages heiraten, dann nur in dieser Kirche. Als Kind bin ich dort oft mit meiner Tante und meinem Onkel zum Sonntagsgottesdienst gegangen. Wenn wir die Kirche verlassen haben, habe ich mir immer vorgestellt, dass ich ein weißes, prächtiges Brautkleid trage, durch die Allee schreite und Tausende Blüten auf mich rieseln.« Ein Schauer zog ihr über den Rücken. Sie wusste nicht, warum sie ihm diese intimen Geheimnisse aus ihrem Leben anvertraute, schließlich kannten sie sich kaum. Sie räusperte sich und senkte den Blick verschämt nach unten. Er musste glauben, sie sei eine sentimentale, naive, dumme Nuss.

Die Kellnerin brachte das dampfende Essen. Victoria sog den Geruch der frischen Zutaten ein und glaubte, den Sommer auf ihrer Zunge zu spüren.

»Gibt es denn schon einen Anwärter?«, fragte Daniel, als er sich ein Stück Schnitzel mit einem Champignon als Dekoration obendrauf in den Mund schob.

»Einen Anwärter? Worauf?« Victoria zerteilte eine Kartoffel in mundgerechte Stücke.

»Ja, einen potenziellen Ehemann?« Etwas Rahmsoße klebte an Daniels Unterlippe, er fuhr so schnell mit der Zunge darüber, dass ein paar Tropfen in seinen Kinnbart spritzten. Er bemerkte das nicht.

Victoria dachte an Patrick, der seit gestern auf ihren Anruf wartete. Noch nicht mal eine SMS hatte sie ihm geschrieben. Aber wollte sie das überhaupt? Wollte sie ihn nach der gemeinsam verbrachten Nacht wiedersehen?

»Denkst du jetzt darüber nach, ob dein Freund ein akzeptabler Heiratskandidat ist?«, witzelte Daniel und stapelte abgeblätterte Panade auf seine Gabel.

»Ich habe keinen Freund«, antwortete Victoria knapp. »Vielleicht sollte ich mal eine Heiratsanzeige aufgeben: Festes Einkommen und schönes Einfamilienhaus suchen Liebhaber. Frau aufgrund der ungünstigen Arbeitszeiten selten zu Hause.«

Daniel bekam einen Lachanfall, sodass sein Panadeturm von der Gabel wieder zurück auf den Teller fiel und in die Soße klatschte. Ein paar Spritzer fingen sich auf seinem grünen Poloshirt, über das er eine schwarze Wollweste gezogen hatte.

»Das gibt ordentliche Fettflecken«, grinste Victoria und fügte trocken hinzu: »Dich kann man auch nirgendwohin mitnehmen.« Belustigt hielt sie sich die Serviette vor den Mund.

Nach dem Essen fuhr Victoria Daniel mit dem Dienstwagen nach Betzdorf in die Bürgergesellschaft. Sie stellte das Auto hinter der Polizeiinspektion ab, unterhielt sich noch kurz mit den diensthabenden Kollegen der Schutzpolizei, stieg dann in ihren sonnengelben Ford KA Baujahr 2006, genannt Kugel, und fuhr nach Hause.

Patrick hatte eine Nachricht auf ihrem Anrufbeantworter hinterlassen:

»Hallo, Vicky, ich muss dich wiedersehen. Ich dulde keine Ausreden mehr. Wir treffen uns morgen um acht Uhr zum Frühstück im Löwencafé in Hachenburg. Ich lade dich ein. Bis morgen. Ich freu mich.«

Er hatte nicht direkt aufgelegt, sondern Luft geholt, als habe er noch etwas sagen wollen. Sekundenlang blieb es still, dann ertönte das Besetztzeichen.

Sie hatte kaum geschlafen und fühlte sich gerädert. Die Liebesnacht mit Patrick, seine Erwartungen an sie und ihre Beziehung, dann die beiden Mordfälle in ihrem Heimatort und die Angst um ihre Familie ließen ihre Nerven blank liegen. Immer wenn sie Stress hatte und ihr alles zu viel wurde, sprossen Stresspickel auf ihrem Kinn und den Wangen.

Als Victoria um kurz vor acht die Stufen zum Löwencafé hinaufging, verspürte sie ein flaues Gefühl im Magen. Sie hatte eine Entscheidung getroffen. Am Eingang wurde sie von der riesigen goldenen Löwenstatue begrüßt. Sie schaute sich um, doch Patrick war noch nicht da. Victoria marschierte an der Bedienungstheke und dem Frühstücksbüfett vorbei. Das Café war an diesem Morgen gut besucht. Sie bekam noch einen Tisch am Fenster, hängte ihren Mantel über die Stuhllehne, bestellte sich an der Theke einen

Latte macchiato und ein Baguette mit Mozzarella, Tomate und Basilikum und zahlte direkt. Sie trug die Sachen an den Holztisch und ließ sich auf den Stuhl mit dem roten Lederbezug fallen. Sie konnte dem verlockenden Duft des Baguettes nicht widerstehen, biss genüsslich hinein und löffelte den Schaum von ihrem Latte macchiato. Sie fand sich selbst zwar ein wenig unverschämt, da sie nicht auf Patrick wartete, aber der Hunger siegte über ihre Skrupel. Victoria blickte nach draußen auf die von Ahornbäumen gesäumte Graf-Heinrich-Straße. Der Berufsverkehr war in vollem Gange, und die Autos ratterten vorbei. Am Nachbartisch unterhielten sich zwei junge Männer über ihre Erfolge in der Damenwelt und wollten sich gegenseitig übertrumpfen.

»Die Sandy war als Polizistin verkleidet. Die hatte natürlich Handschellen dabei. Nicht so Plüschdinger, sondern echte Handschellen!« Siegessicher zeigte der eine die Schwielen an seinen Handgelenken. »Und die hatte eine Peitsche. Das ging ab, sag ich dir …«

»Häh? Seit wann haben denn Polizistinnen Peitschen?« Der andere schlürfte lautstark seinen Sekt.

»Ist doch egal. Geil war es trotzdem!« Er krempelte die Ärmel von seinem Pullover nach oben und offenbarte unzählige blaue Flecken. Dabei platzte er fast vor Stolz.

»Ich glaube, da kann ich wirklich nicht mithalten«, gab der andere den traurigen Verlierer. »Das Einzige, was die Moni zu bieten hatte, war mächtig Holz vor der Hütte.« Er ahmte die Größe ihrer Brüste mit seinen Händen an seinem Oberkörper nach.

Victoria fragte sich, ob er vielleicht doch das bessere sexuelle Abenteuer erlebt hatte und dies nur nicht so freizügig preisgeben wollte. Nach dem Motto: Ein Gentleman genießt und schweigt. Sie drehte sich um und blickte ihm ins Gesicht. Er trug eine dicke schwarze Nickelbrille und hatte fettige Haare. Jetzt fragte sich Victoria plötzlich nicht mehr, ob er das Abenteuer stillschweigend genießen wollte, sondern ob er überhaupt eines gehabt hatte und besagte Moni mit mächtig Holz vor der Hütte wirklich existierte.

Als Patrick um Viertel nach acht das Café betrat, lag nur noch ein einsames Blatt Basilikum auf Victorias Teller.

»Es tut mir leid, ich wurde aufgehalten.« Er hob entschuldigend die Arme und versuchte, eine Kellnerin heranzuwinken.

»Hier ist Selbstbedienung.« Victoria rührte in ihrem Glas, obwohl es schon leer war.

Mit einem »Oh« erhob sich Patrick und stellte sich an der Theke an. Als er zurückkam, hatte er ein Schokocroissant in der einen und einen Kaffee im Pappbecher in der anderen Hand. Er sah noch verschlafen aus und hatte es anscheinend nicht mehr geschafft, sich zu rasieren.

Auf Victorias fragenden Blick hin antwortete er: »Es tut mir leid, ich hab völlig vergessen, dass ich einen Termin habe. Ich muss gleich nach Westerburg zu einem Kunden.«

»Warum hast du nicht Bescheid gesagt? Wir hätten das Treffen verschieben können.« Sie versuchte, sich ihren Ärger über die vergeudete Zeit nicht anmerken zu lassen. Doch die Sätze sprudelten patziger aus ihr heraus, als es ihre Absicht gewesen war.

»Ich wollte dich sehen.« Er griff nach ihrer Hand und hatte einen Schokoladenbart. Victoria jagte eine Gänsehaut über den Rücken. Der Schokoladenbart verlieh ihm ein ungepflegtes und kindliches Aussehen. Und überhaupt. Sie hatte Bärte noch nie ausstehen können. Nur bei manchen schwarzhaarigen Männern sah ein Kinnbart irgendwie schnuckelig aus. Allerdings nur, wenn sein Träger die richtige Gesichtsform hatte.

Patrick kaute auf dem Croissant herum. Blätterteigkrümel quollen aus seinem Mund, als er beschämt sagte: »Und außerdem warst du bestimmt schon auf dem Weg. Ich wollte nicht so … so unzuverlässig erscheinen.«

»Es wäre kein Problem gewesen.«

»Vicky«, er drückte ihre Hand so fest, dass sie das Gefühl hatte, ihre Knochen würden jeden Moment brechen. »Ich liebe dich.« Seine Lippen formten einen Kussmund.

»So große Worte am frühen Morgen? Du bist doch noch gar nicht richtig wach.« Victoria lächelte verlegen, denn seine Worte waren ihr unangenehm. Sie entzog ihm ihre Hand.

»Warum sagst du so etwas?«

Sie zuckte mit den Schultern, schob sich das Basilikumblatt in den Mund und kaute darauf herum, als wäre es ein zähes Stück Fleisch.

»Hat dir die Nacht denn gar nichts bedeutet?« Unter seinen Augen traten dicke Ringe hervor. »Du hast doch gesagt, dass du schon so viele Jahre hinter mir her bist.«

»Patrick, ich ... damals war ich vierzehn. Heute bin ich doppelt so alt. Ich kann die Zeit nicht zurückdrehen. Ich kann deine Gefühle nicht erwidern. Ich ... ich glaube, es ist besser, wenn wir es bei einer Freundschaft belassen.« Sie strich sich eine Haarsträhne aus dem Gesicht und klemmte sie hinter ihr Ohr.

»Wolltest du nur deinen Spaß haben? War das alles nur ein Spaß für dich?« Ein zorniges Blitzen trat in seine Augen, er wischte sich flüchtig mit dem Handrücken über den Mund und weitete den Schokoladenbart damit zu einem wahrhaftigen Schnauzer aus.

»Es war kein Spaß für mich. Ich habe wirklich gedacht, dass das mit uns was werden könnte. Aber ich liebe dich nicht. Das ist mir in den letzten Tagen klar geworden.«

Wie versteinert saß er ihr gegenüber und rang um Fassung. Für ihn hatte alles glasklar auf der Hand gelegen. Er wollte eine Beziehung mit dieser Frau führen. Sie hatte ihn jahrelang bezirzt, ohne dass ihm das bewusst gewesen war. Sie hatte sich von dem pummeligen Mädchen zu einer selbstbewussten, starken Frau gemausert. Sie ließ sich von niemandem etwas sagen. Wenn ihr etwas nicht passte, dann sagte sie es einem direkt ins Gesicht. Das gefiel ihm. Wie oft hatte er sich schon nicht getraut, seinen Mund aufzumachen, wenn ihm was gegen den Strich ging. Sie war komplett anders. Er bewunderte diese Eigenschaft. Seit er am Samstag mit ihr getanzt hatte, wusste er, dass er sie wollte, und das nicht nur für eine Nacht, sondern am liebsten für ein ganzes Leben. Langsam begriff er, dass sie all seine Träume mit ihren Worten soeben zunichtegemacht hatte. Er erhob sich mit dem angebissenen Schokocroissant in der Hand, griff nach seiner Jacke und verließ ohne ein Wort des Abschieds das Café.

»Danke für die Einladung«, rief sie Patrick spöttisch nach, um das nagende schlechte Gewissen zu verbergen. Sie wollte ihn verletzen, damit die unerfüllte Liebe für ihn nicht so schwer wog und er sich innerlich schneller von ihr lösen konnte. Doch die elektrische Schiebetür hatte sich bereits hinter ihm geschlossen.

Victoria nahm ausnahmsweise den neuen Eingang in die Polizeiinspektion Betzdorf. Heute wollte sie den Kollegen der Schutzpolizei nicht begegnen, sie hatte keine Lust auf Smalltalk und wollte sich so schnell wie möglich in das Büro zurückziehen. Sie hoffte inständig, dass Martin noch nicht da war und dass sie somit ein paar ungestörte Minuten verbringen konnte. Als Erstes wollte sie sich einen Pfefferminztee mit Zitrone aufgießen und dann eine Weile in der Tageszeitung blättern.

Im Treppenhaus sprintete sie in das erste Obergeschoss hinauf, wobei sie gleich zwei Stufen auf einmal nahm. Die letzte Kurve nahm sie wohl zu schnell, rutschte auf etwas Nassem aus und stolperte gegen einen blau-grauen Putzeimer. Dann knallte sie auf den Hintern und landete neben zwei Männerschuhen. Sie blickte an den Hosenbeinen nach oben und sah Walter, der mit einem breiten Grinsen im Gesicht einen Wischmopp schwang.

Victoria wollte gerade fragen, was in aller Welt er hier machte, doch er kam ihr zuvor und raunzte sie an: »Das nächste Mal etwas vorsichtiger, Frau Kollegin, dann passieren solche Unfälle auch nicht. Wir haben zwei Mordfälle aufzuklären und können uns bei unserer derzeitigen Personalsituation keine krankheitsbedingten Fehlzeiten erlauben.«

»Danke, Herr Kollege. Ich wusste gar nicht, dass Ihre Kompetenzen auch im Bereich Putzen liegen.« Victoria rappelte sich auf und fasste sich mit gequälter Miene an den Hintern. Der war klatschnass und schmerzte höllisch.

»Machen Sie sich keine Sorgen, Ihr süßer Hintern trocknet schon wieder.« Er machte neben ihr eine Bewegung, als wollte er auf ihren Hintern klatschen. »Beim nächsten Mal stelle ich ein Schild auf: Slippery when wet, wenn Sie verstehen?« Er lachte kehlig und fand seinen Witz offenbar unheimlich lustig.

Victoria räusperte sich laut und wollte gerade einen Vortrag über Sexismus am Arbeitsplatz halten, da wechselte Walter abrupt das Thema und behauptete: »Die Putzfrauen scheinen mir ihre Pflichten nicht sehr genau zu nehmen. Überhaupt scheint mir das ein Grundproblem dieser Dienststelle zu sein. Manche Polizeibeamte tun dies hier nämlich ebenfalls nicht.« Er nickte bedächtig.

Victoria war nicht bereit, diese Spitze auf sich sitzen zu lassen, und hätte Pipi gern den Mittelfinger gezeigt. Sie unterließ es allerdings, da die Aktion das kollegiale Miteinander keineswegs gefördert hätte. Außerdem hatte sie schon genug am Hals. Sie konnte sich durchaus vorstellen, dass er einen Staatsakt daraus gemacht und ihr ein Disziplinarverfahren angehängt hätte. Stattdessen sprang sie für die Reinigungsfachkräfte in die Bresche: »Wir sind durchaus sehr zufrieden mit unseren Putzfrauen, wie Sie sie nennen. Ich möchte Sie darauf hinweisen, dass die korrekte Berufsbezeichnung allerdings Reinigungsfachkräfte lautet, Herr Walter. Denken Sie in Zukunft bitte daran.«

Sie nahm ihre Tasche in die Hand, öffnete die Tür und trat hinaus ins Obergeschoss. Victoria hörte, wie Walter mit dem Mopp Wasser auf den Boden klatschte und zu wischen begann.

Seine Anspielung führte dazu, dass sie den ganzen Morgen »Wanted Dead or Alive« von Bon Jovi aus dem Album »Slippery when wet« vor sich hin sang.

In den folgenden Stunden trafen über einhundertvierzig Beamte der Bereitschaftspolizei aus Koblenz und Wittlich in Malberg ein. Außerdem rückten sechs Hundeführer mit ihren Hunden an. Ein solches Aufgebot an Einsatzkräften hatte der kleine Ort noch nicht erlebt. Die Autos der Polizisten parkten dicht gedrängt zwischen Schwedengraben und Ortseingang. Schulter an Schulter durchkämmte die Bereitschaftspolizei mit ihren Stöcken zunächst das weitläufige Gelände um den Wasserablauf. Mit ihren dunkelblauen Uniformen und den dazu passenden Basecaps gaben sie der Landschaft einen befremdlichen Anstrich. Das furchterregende Hundegebell war bis in den Ort zu hören.

Viele Neugierige kamen auf ihren Spaziergängen – natürlich rein zufällig – an der Senner Wiese vorbei, um Neuigkeiten aus erster Hand zu erfahren. Währenddessen machte im Dorf das Gerücht die Runde, Manuel Pfeiffer habe seine Exfreundin Pia Becker ermordet, weil er es nicht ertragen konnte, von ihr abserviert worden zu sein. Da er mit seiner Schuld nicht leben konnte, habe er sich einige Stunden später mit einer Überdosis Schlaftabletten das Leben genommen.

Gegen Mittag wurde in dem Waldstück, das an den Wasserablauf grenzte, das Handy von Pia Becker gefunden.

Roland Weigel blätterte während der Konferenz geschäftig in Pia Beckers Obduktionsbericht, dabei fielen einige alte Schwarz-Weiß-Fotos heraus. Schnell schob er sie zusammen und verstaute sie in der Innentasche seines Jacketts. Seine ausgeprägte Leidenschaft für die Geschichte des Kreises Altenkirchen, besonders aber für seinen Heimatort Elkhausen, nahm er sogar mit an den Arbeitsplatz. In ruhigen Zeiten nutzte er die Stunden im Büro, um seine Forschungsergebnisse aufzuschreiben, zu strukturieren und zu archivieren. Alle drei Kellerräume in seinem Haus hatte er der Heimatkunde gewidmet. Dort sammelte er alte Fotos, Berichte, Bücher und jeden Schnipsel, dessen er habhaft werden konnte. Regelmäßig führte er Gespräche mit den älteren Einwohnern seines Heimatortes, um daraus neue Erkenntnisse über die Kriegs- und Nachkriegszeit zu ziehen. Zu Hause hatte seine Frau schon längst das Regiment übernommen und verdonnerte ihren Roland regelmäßig zu gemeinsamen Unternehmungen wie Spaziergängen, Fahrradtouren und dem Hüten des Enkelkindes.

Im Grunde war der Polizeidienst für den Leiter der Kriminalinspektion schon lange in den Hintergrund gerückt. Die fast einhundert Überstunden auf seinem Konto waren keineswegs auf zähe Ermittlungen zurückzuführen, sondern vielmehr auf die Ruhe im Büro und das dortige Vorhandensein von professionellen Digitalisierungsmedien. Gerade versuchte er nämlich, seine Heimatsammlung elektronisch zu archivieren. Das allerdings führte des Öfteren zu Kopfzerbrechen und Schreianfällen, da er im Umgang mit dem »neumodischen Kram«, wie er ihn verächtlich nannte, nicht sehr versiert war. Um seinen peinlichen Zwischenfall mit den herausgefallenen Fotos wettzumachen und seine Kompetenz in den aktuellen Mordfällen zu demonstrieren, verkündete er: »Auf unseren Aufruf in der Rhein-Zeitung haben sich bisher fast fünfzig neue Zeugen gemeldet. Herr Walter, Herr Kleinschmidt und ich machen uns gleich an die Arbeit, jedem einzelnen Hinweis sorgfältig nachzugehen. Bisher haben sich noch keine Zeugen gefunden, die Hannes Becher nach Mitternacht noch im Festzelt gesehen haben.«

»Herr Peters und ich fahren nach Malberg und nehmen uns diesen Frederik Schumacher vor.« Victoria war froh, sich endlich erheben zu können, da ihr Hintern lange Sitzphasen mit heftigen Schmerzen quittierte.

Frederik Schumachers Haus lag in der Höhenstraße versteckt hinter einer Ligusterhecke, die das gesamte Grundstück umrandete. Obwohl die Kirchturmglocke bereits zwölf Uhr läutete, waren alle Rollläden fest verschlossen. Victoria und Daniel betraten das Grundstück durch ein schulterhohes grünes Gartentor, an dem das Schloss fehlte und dessen Griff lose herunterhing. Der Weg zum Haus war mit Natursteinen gepflastert. Das in den Ritzen wuchernde Unkraut deutete darauf hin, dass hier schon lange nicht mehr sauber gemacht worden war. Aufgeschreckt durch das Klingeln der Beamten, bellte ein Hund im Haus los. Als Schumacher die Tür öffnete, erschien zunächst der aufgeregte Terrier, der vor Victoria und Daniel erfreut mit dem Schwanz wedelte. Aufgeregt tapste er umher und trat dabei Daniel auf den Schuh, auf dem er einen braunen Pfotenabdruck hinterließ.

»Guten Tag. Oberkommissarin Victoria Fischer von der Kriminalinspektion Betzdorf. Das ist mein Kollege, Oberkommissar Daniel Peters.« Sie hielt Schumacher ihre Dienstmarke hin, doch er reagierte nicht darauf, grummelte stattdessen nur »Guten Tag«, ohne dabei die Zähne auseinanderzumachen. Frederik Schumacher war ein stiernackiger Typ und für sein Gewicht eigentlich etwas zu klein. Er trug eine blaue Arbeitshose und darüber ein grau-schwarz kariertes Hemd.

»Wir haben ein paar Fragen an Sie. Wenn wir kurz hereinkommen könnten.«

Schumacher sah an sich hinunter, als liege in seiner Kleidung die Rechtfertigung, den Polizisten den Eintritt zu verwehren. Der Terrier war inzwischen auf die Wiese gerannt und jagte dort eine Amsel.

»Ich musste noch Überstunden machen und komme gerade erst von der Nachtschicht. Ich wollte mich eigentlich hinlegen«, sagte Schumacher in einem freundlich-unverbindlichen Ton.

»Es geht um die Morde an Pia Becker und Manuel Pfeiffer.«

Noch immer machte Frederik Schumacher keine Anstalten, die Beamten einzulassen.

Daniel Peters begegnete seiner Starrsinnigkeit mit Härte und wies ihn darauf hin: »Wir können Sie ansonsten auch vorladen lassen, wenn Ihnen das lieber ist.«

»Danny, komm rein«, rief Schumacher den Terrier, steckte zwei Finger in den Mund und pfiff darauf.

Danny, der mit den Vorderpfoten an einem Baum hochsprang, um die Amsel zu fangen, ließ von dieser ab und beeilte sich, zu seinem Herrchen zu laufen. Schumacher nahm einen Hundekuchen aus seiner Hosentasche und hielt ihn Danny vors Maul. Der schnappte sofort danach und kaute ihn gierig. Dann führte Schumacher, gefolgt von Danny, Victoria und Daniel in sein Wohnzimmer.

Nach der Zeugenbelehrung durch Daniel übernahm Victoria die Gesprächsführung. Frederik Schumacher kam ursprünglich aus dem Rheinland und war erst vor gut zehn Jahren in das kleine Dorf im Westerwald gezogen. Da er sich wenig um das Leben im Ort kümmerte und nie bei Veranstaltungen erschien, hatte er den Status eines Zugereisten bis heute behalten. Er zog sich in die Einsamkeit zurück und pflegte mit keinem aus dem Dorf ein persönliches Verhältnis. Daher wurde er von allen gesiezt. Victoria wollte, da sie Schumacher lediglich vom Sehen kannte und somit professionelle Distanz und Objektivität wahren konnte, selbst die Vernehmung übernehmen.

»Zeugen haben uns berichtet, dass Sie gegen die Malberger Vereine sind«, kam sie direkt auf den Punkt.

»Was soll das denn heißen?«, patzte er Victoria an.

Wahrscheinlich hat er ein Problem mit Frauen, von denen er sich etwas sagen lassen muss, dachte sie. »Nun, Sie werden beschuldigt, mehrfach das Fußballtor zerschnitten und einem Spieler die Reifen zerstochen zu haben.«

»Zu diesen Vorfällen habe ich schon alles gesagt. Das können Sie doch bestimmt Ihren Akten entnehmen. Und wenn Sie die gelesen hätten, hätten Sie auch erfahren, dass die Verfahren aus Mangel an Beweisen eingestellt wurden. Und überhaupt, was hat das mit den Mordfällen zu tun?«

»Herr Schumacher, glauben Sie mir, ich kenne die Akten.

Ich wollte die Schilderung nur aus Ihrem Mund hören. Aber Sie haben …«

Scharf unterbrach er Victoria: »Nur weil diese Bubis mich anschwärzen, ich hätte mit diesen Sachbeschädigungen etwas zu tun, bin ich für Sie auch gleich verdächtig, die Morde begangen zu haben? Sie spinnen doch.« Er machte eine wegwerfende Handbewegung.

Victoria wollte gerade zu einem neuen Satz ansetzen, da schnitt Daniel ihr das Wort ab. »Das ist Beleidigung eines Beamten nach Paragraf 185 des Strafgesetzbuches. Wir können Sie dafür anzeigen, und das wird mit Geldstrafe oder Freiheitsentzug von bis zu einem Jahr geahndet. Jetzt halten Sie die Bälle flach und beantworten die Fragen der Kollegin nach bestem Wissen und Gewissen. Wie gesagt, wir können Sie auch vorladen, und falls sich ein Tatverdacht erkennen lässt, können wir Sie für achtundvierzig Stunden festhalten.«

Schumacher schluckte trocken, Danny sprang neben ihn auf das Sofa und rieb seinen Kopf am Knie seines Herrchens.

»Wo waren Sie in der Nacht von Samstag auf Sonntag zwischen Mitternacht und den frühen Morgenstunden?« Trotz seines Ausrasters beharrte Victoria auf ihrer Höflichkeit und wollte ihn zugänglich machen.

Zahm wie ein Lämmchen antwortete Schumacher: »Ich war am Biggesee.«

»Am Biggesee? Im Februar?«

»Ich wollte dem Trubel hier entfliehen. Wissen Sie, ich hasse Karneval und alles, was damit zusammenhängt: Kostüme, Alkohol, Karnevalsmusik.« Er schüttelte sich. »Ich habe Danny gepackt, und wir sind mit dem Wohnwagen von Samstag bis Montag an den Biggesee gefahren.«

»Gibt es Zeugen dafür?«

»Bestimmt. Es waren auch noch andere Leute da, und am Samstagabend haben wir sogar Wintergrillen gemacht.« Er grinste überheblich.

»Wir werden das nachprüfen. Sagen Sie, es geht das

Gerücht um, Sie hätten Nacktfotos von den Mädchen der Funkenmariechen gemacht.«

Schumacher schwieg und blickte aus dem Fenster, als würde er dort die Antwort suchen. Augenblicklich verfinsterte sich seine Miene, und er platzte heraus: »Das haben Ihnen wieder diese Milchbubis von Fußballspielern erzählt. Das ist nicht wahr.« Er stampfte mit dem Fuß auf.

Schumacher zeichnete sich nicht gerade als psychisch stabile Persönlichkeit aus. Er konnte von einer Sekunde zur anderen seine Stimmung radikal verändern. Dabei schwankte seine Bandbreite von friedfertig und unterwürfig bis aufgebracht und ungehalten.

»Haben Sie Fotos von den jungen Frauen gemacht?« Victoria blickte ihn herausfordernd an, und auch ihm schien sein cholerisches Verhalten plötzlich bewusst zu werden. Er stellte die Beine nebeneinander und strich sorgfältig die Hose glatt, als könne er damit seinen Ausraster wettmachen. Dann holte er tief Luft und fuhr behutsam fort, wobei er seine Worte sorgfältig zu bedenken schien:

»Junge Frau, ich weiß nicht, wer dieses Gerücht über mich verbreitet, aber es ist und bleibt ein Gerücht. Ich habe weder eine Kamera in der Mädchenumkleidekabine des Bürgerhauses installiert, noch habe ich irgendwelche Nacktfotos von den Damen gemacht.«

Victoria durchfuhr es wie ein Blitz. »In der Mädchenumkleidekabine des Bürgerhauses eine Kamera installiert?«

Schumacher nickte kräftig.

»Davon habe ich doch gar nichts erzählt. Woher wollen Sie das wissen?«

Er rang nach Worten und wand sich wie eine Maus, die weiß, dass sie der Katze in die Falle gegangen ist und gleich gefressen wird.

»Herr Schumacher?«, forderte Daniel.

»Ich … ach, die Milchbubis haben das doch überall erzählt, dass dort angeblich eine Kamera angebracht wurde. Das weiß doch jeder im Dorf. Und eine Gruppe von diesen

Milchbubis hat mir schon an der Bushaltestelle aufgelauert, um mich zur Rede zu stellen. Die haben mich geschubst und getreten.« Er krempelte sein Hosenbein hoch und offenbarte einen blauen Fleck am Schienbein, doch davon ließ sich Victoria nicht beeindrucken.

»Den Fleck können Sie sich auch anders zugezogen haben. Warum sind Sie nicht zur Polizei gegangen, wenn Sie verprügelt wurden?«

»Ach, die Polizei ...« Er krempelte das Hosenbein wieder runter und knallte beim Aufrichten seines Oberkörpers mit dem Kopf gegen die Tischplatte.

»Das gibt jetzt bestimmt auch einen blauen Fleck, und morgen wollen Sie uns erzählen, dass Sie wieder verhauen worden wären.« Daniel verschränkte die Arme vor dem Körper.

Victoria fand die Äußerung des Kollegen unprofessionell und unvorteilhaft im Hinblick auf die weitere Vernehmung. Sie nahm sich vor, ihn im Auto darauf anzusprechen.

»Ich frage Sie nun noch einmal: Haben Sie Nacktfotos von den Mädchen gemacht?«

Schumacher antwortete mit einem monotonen »Nein«.

»Es könnte doch sein, dass Manuel von den Nacktfotos wusste. Er hat dann seiner Freundin Pia davon erzählt. Gemeinsam wollten die beiden zur Polizei gehen, um Sie anzuzeigen. Daraufhin haben Sie kurzen Prozess gemacht und beide ermordet.« Victoria wusste, dass sie mit dieser Spekulation hoch pokerte, aber vielleicht würde sich Schumacher in einem aufbrausenden Wutanfall verplappern und ein Geständnis ablegen.

Aber seine Stimmung blieb friedfertig, als er sagte: »Erst beschuldigen Sie mich, Nacktfotos gemacht zu haben, und jetzt soll ich dazu auch noch die beiden umgebracht haben. Ich lasse mir diese Verleumdung nicht länger bieten.«

»Geben Sie uns die Fotos, und wir legen beim Staatsanwalt ein gutes Wort für Sie ein«, warf Victoria den Köder aus. Doch der Wurm trieb und trieb an der Angel, dann näherte sich der dicke Fisch, roch daran und bemerkte, dass ein Wurm nicht schmackhaft genug für ihn war. Er drehte ab und verschwand in den Weiten des Meeres. So benimmt sich Schumacher, dachte Victoria.

»Ich habe keine Fotos gemacht«, beteuerte er erneut sachlich.

Daniel erhob sich, um seine Macht zu demonstrieren und größer zu wirken, obwohl er Schumacher schon im Sitzen um gut einen Kopf überragte. Dann sagte er mit einer Strenge in der Stimme, die Schumacher zusammenzucken ließ: »Sie hören von uns.«

Kaum saßen die zwei im Auto und hatten die Türen geschlossen, explodierte Victoria wie eine abgezogene Handgranate. »Ich finde das zwar sehr nett von dir, dass du mich beschützen willst, aber ich kann mich allein wehren und ganz gut für mich selbst sprechen.«

Verdattert griff Daniel nach seinem Nackenhörnchen, das er im Handschuhfach verstaut hatte.

»Was habe ich denn gemacht? Was ist denn los?«

»Ich mag es einfach nicht, wenn man mich bevormundet und behandelt wie ein kleines Kind.«

»Ich habe dich nicht wie ein kleines Kind behandelt.«

»Hast du doch! Immer wenn Schumacher laut und ausfallend geworden ist, bist du dazwischengegangen und hast für mich das Wort übernommen!«

Daniel sah ein, dass er das ein oder andere Mal Schumacher vorlaut zurechtgewiesen hatte, ohne seine Kollegin zu Wort kommen zu lassen. Aber er fand auch, dass sie überreagierte. Um keinen Streit vom Zaun zu brechen, lenkte er ein: »Ich weiß. Es tut mir leid.«

Doch statt seine Entschuldigung anzunehmen, empörte sich Victoria weiter: »Wie, es tut dir leid? Das ist alles? Wie stehe ich denn jetzt da vor dem Zeugen? Das machst du nie wieder, hast du das verstanden?«

»Vicky, was ist denn heute …«

»Nenn mich nicht Vicky!«

»Wieso nicht?«

»So dürfen mich nur enge Freunde nennen!«

Daniel verstand den Sinn hinter diesem aufgebauschten Drama nicht. Aber er wollte sich auf keinen Fall geschlagen geben und konterte: »Kleinschmidt und Weigel nennen dich auch so.«

»Die sind meine Freunde«, schrie Victoria und drückte mehrfach kräftig die Hupe, da ein Fahrradfahrer vor ihr in der Mitte der Straße fuhr und keine Anstalten machte, dem Auto hinter sich das Überholen zu ermöglichen. Vor Schreck schwankte er gefährlich mit seinem Rad. Aber die Aktion verfehlte ihre Wirkung nicht. Er fuhr an den rechten Fahrbahnrad und stieg ab.

»Penner. Ich hätte echt Lust, deine Personalien aufzunehmen und dir ein saftiges Bußgeld abzuknöpfen«, schrie sie durch die geschlossene Scheibe.

Der Fahrer konnte ihre Worte nicht verstehen, sah aber in das wütende Gesicht der jungen Frau und richtete den Blick betreten auf die Straße.

»He, he, Frau Kollegin, was ist denn heute los?«, versuchte Daniel zu beschwichtigen. Er befürchtete sogar, die aufgebrachte Victoria könnte anhalten, aussteigen und dem Radfahrer eine saftige Ohrfeige verpassen. Doch sie fuhr langsam an ihm vorbei.

»Bei mir ist nichts los«, keifte sie Daniel an.

»Hat dich dein Typ nicht rangelassen, oder hast du deine Tage?«, blaffte er zurück.

»Ich habe keinen Typen. Das habe ich dir schon mal gesagt!« Victoria schluckte, seine Worte trafen sie unvermittelt wie ein Schlag in die Magengrube. Von dort weitete sich der Schmerz bis zu ihrem Herzen aus. Sie dachte an Patrick und kämpfte urplötzlich mit den Tränen.

Daniel wusste nicht, ob er für Victorias Traurigkeit verantwortlich zeichnete, blickte aber vorsorglich beschämt aus dem Seitenfenster. Victoria wusste, dass es aufrichtig gewesen war, die Sache mit Patrick zu beenden, bevor sie richtig begonnen hatte. Aber jetzt musste sie an ihn denken, wie er verzweifelt und niedergeschlagen das Café verlassen hatte.

Daniel und Victoria statteten auf der Rückfahrt nach Betzdorf den Kollegen der Bereitschaftspolizei, die immer noch das Gebiet um den Wasserablauf durchkämmten, einen Besuch ab und ließen sich Pias Handy aushändigen. Es war ausgeschaltet, aber nicht mit einer PIN-Nummer gesichert. Victoria las die fünf SMS, die Hannes Pia im Verlauf des Samstagnachmittags und -abends geschickt hatte. Es waren die reinsten Liebeserklärungen. Er betonte immer wieder seine starken Gefühle für Pia, bat um einen Tanz mit ihr im Zelt und lud sie zum Mittagessen am Sonntag ein. Jede SMS hatte er mit einer Gedichtzeile beendet. Victoria fand das romantisch, obwohl ihr im Moment überhaupt nicht nach Dates, Liebesschwüren und einer Partnerschaft war. Die beiden Mordfälle besaßen zurzeit die oberste Priorität in ihrem Leben. Für alles andere würde sie wieder Zeit haben, wenn sie den Mörder gefunden hatte. Pia hatte keine der SMS von Hannes beantwortet. Am Sonntag um ein Uhr siebenundvierzig Uhr hatte eine SMS Pias Handy verlassen. Sie ging an die Nummer von Manuel und lautete:

»Hallo, Schatz! Es tut mir leid, wie das mit uns zu Ende gegangen ist. Ich würde gern noch mal mit dir reden. Vielleicht haben wir ja noch eine Chance. Wollen wir uns in einer halben Stunde an unserem geheimen Ort treffen? Deine Pia«

Keine fünf Minuten später hatte Manuel geantwortet:

»Hallo, Kleine! Okay, ich werde da sein. Bis gleich, ich freu mich. Ild, Manuel«

Pias Posteingang und -ausgang wiesen zudem noch zahlreiche Nachrichten von und an verschiedene Freundinnen auf, die Pia Becker in den letzten Tagen ihres Lebens verschickt und erhalten hatte. Sie waren für die Ermittlungen nicht weiter von Bedeutung.

»Wenn ich dann mal zusammenfassen darf: Pia war zu

dem Zeitpunkt, als die SMS ihr Handy verlassen hat, bereits tot. Der Täter hat sich also als Pia ausgegeben und die SMS an Manuel geschickt. Mit Bestimmtheit können wir jetzt sagen, dass er Manuel – unter dem Vorwand, Pia wolle sich mit ihm versöhnen – an den Tatort gelockt hat. Wir müssen davon ausgehen, dass er Pia oder Manuel oder beide gut gekannt hat, denn er wusste immerhin, wo dieser geheime Ort liegt.« Victoria steckte das Handy zurück in den Plastikbeutel und zog sich die weißen Einweghandschuhe aus, mit denen sie das Handy angefasst hatte, um keine Spuren zu verwischen. Es sollte beim Landeskriminalamt in Mainz auf Fingerabdrücke und DNA-Spuren untersucht werden.

»Und dieser geheime Ort ist entweder der Wasserablauf in der Senner Wiese, oder er liegt zumindest in unmittelbarer Nähe davon.« Daniel nahm Victoria den Plastikbeutel ab und übergab ihn zwei Kollegen der Bereitschaftspolizei, die ihn nach Mainz fahren sollten.

Victoria rief mit ihrem Handy Kriminalinspektionsleiter Weigel an und beauftragte ihn, beim Staatsanwalt vorzusprechen, damit dieser beim Richter einen Hausdurchsuchungsbeschluss für Haus und Grundstück von Frederik Schumacher beantragte.

»Als Grund gibst du bitte eine Auffindevermutung der Nacktfotos sowie der Tatwaffe und der Tatkleidung an. Und, Roland, mach es bitte dringend!« Victoria sprang von einem Fuß auf den anderen. Dabei wirbelte sie Staub auf, und der Splitt knarrte unter ihren Füßen.

»Ich versuche mein Bestes«, war Weigels knappe Antwort, die von Papierrascheln fast übertönt wurde.

Victoria vermutete, dass er mal wieder mehr mit seinem Archiv als mit den Ermittlungen beschäftigt war. Im Hintergrund hörte sie auf einmal die Stimme eines Mannes, der sich in einem schnaubenden Wutanfall zu befinden schien. Sie hörte Weigel vor sich hin stottern. Wahrscheinlich hielt er die Sprechmuschel seines Telefons zu, denn seine Worte klangen dumpf und weit weg. Jetzt erkannte sie die Stimme: Es war Walter, der Weigel zur Schnecke machte.

Victoria wollte die zwei nicht belauschen, und da Walter sich sowieso über jede Kleinigkeit aufregte, war es unwahrscheinlich, dass der Weltuntergang kurz bevorstand. Sie rief noch ein »Danke, bis später dann!« ins Handy und drückte den roten Knopf.

Plötzlich herrschte ein reges Treiben um Victoria und Daniel. Allmählich kehrten alle Bereitschaftspolizisten aus dem Waldgebiet zurück und versammelten sich auf dem Splittweg. Der Hundertschaftsführer gab die Anweisung, mit den Autos zum Festplatz zu fahren, da das Karnevalszelt, das sich dort befunden hatte, bereits abgebaut war und somit ausreichend Parkplätze zur Verfügung standen. Von da aus war es nur ein Katzensprung bis zu dem Ort, an dem Pia Beckers Leiche gefunden worden war. Das Bellen der Hunde hallte zwischen den kahlen Bäumen wider, ihr Atem tanzte in großen Wolken durch die Luft. Nachdem sie ihre harte Arbeit erledigt hatten, wurden sie mit einigen Kauknochen belohnt. Anschließend verfrachteten ihre Hundeführer sie wieder in die Transportboxen, um in Richtung Festplatz aufzubrechen.

Da es schon später Nachmittag und die anbrechende Dunkelheit nicht mehr weit war, war eine gewisse Eile geboten. Die Sonne verschwand schon langsam hinter den Hügeln, die Malberg umgaben. In das Blau des Himmels mischte sich eine leichte Rotfärbung. »Jetzt backen die Engelchen Plätzchen«, hatte Victorias Oma immer gesagt. Dabei war – wie jetzt im Februar – Weihnachten oft schon vorbei gewesen. Als Kind hatte Victoria tatsächlich geglaubt, die Engel würden das ganze Jahr hindurch Plätzchen backen und sie bis Weihnachten aufheben.

»Ich möchte gern noch einmal mit Hannes Becher reden. Hättest du etwas dagegen, wenn wir bei ihm vorbeifahren und du kurz im Auto wartest?« Victoria strich Daniel am Arm entlang und setzte einen bittenden Blick auf.

»Willst du jetzt im Alleingang den Fall lösen, oder ist das die Retourkutsche für heute Mittag, als ich dir angeblich immer ins Wort gefallen bin?« Eine leichte Aggressivität schwang in seiner Stimme mit. Ihm entgleitet manchmal die Kontrolle über sich, dachte Victoria.

»Nicht angeblich! Du bist mir ins Wort gefallen!«

»Komm, jetzt lass uns nicht schon wieder streiten. Wir fahren bei Becher vorbei. Aber erklär mir, was du dir davon versprichst.«

»Ich kenne ihn, er ist ein Malberger Kind so wie ich. Unser Völkchen ist untereinander so«, sie kreuzte den Mittel- über den Zeigefinger.

»Ah, verstehe, und du denkst, wenn du mit ihm von Malberger Kind zu Malberger Kind redest, erzählt er dir mehr.«

Sie nickte. »Es ist eine Chance. Wir müssen diese Mordfälle endlich aufklären, bevor dem Verrückten noch mehr Opfer in die Hände fallen.«

»Du glaubst also, dass es sich nicht um eine Beziehungstat, sondern um einen Angriff auf die Malberger Vereine handelt.«

»Eben. Deshalb bin ich mir auch sicher, dass Hannes nicht der Mörder ist. Aber vielleicht weiß er etwas, das er nur mir anvertrauen kann.«

»So von Malberger Kind zu Malberger Kind.« Daniel grinste verschmitzt.

»Du machst dich lustig über mich. Blödmann.« Victoria streckte ihm spielerisch die Zunge raus und gab ihm einen neckischen Klaps auf den Rücken. Gleichzeitig war sie froh, nicht mit Hauptkommissar Walter ein Team bilden zu müssen.

Victoria Fischer staunte nicht schlecht, als sie an der Haustür der Bechers von Alina Schulze empfangen wurde. Alina trug das dunkelbraune Haar zu einem strengen Knoten frisiert, und ihre Augen waren mit Eyeliner schwarz umrandet. Obwohl Victoria das achtzehnjährige Mädchen um gut einen Kopf überragte, war ihr Körper, der sich unter dem schwarzen Cordrock und der eng anliegenden schwarzen Bluse abzeichnete, bis in die Zehenspitzen sportlich, das Ergebnis des jahrelangen konsequenten Tanztrainings. Hannes kam hinter ihr zum Vorschein und legte den Arm um Alinas Hüfte. Diese erklärte daraufhin, Hannes am gestrigen Montag, in der Trauer um die gemeinsame Freundin Pia Becker, nähergekommen zu sein. Sie hätten die ganze Nacht miteinander geredet, miteinander geweint, gelacht, in Erinnerungen an Pia geschwelgt und schließlich Gefühle füreinander entdeckt.

»Ich habe dir und deinen Kollegen doch schon alles gesagt. Ich möchte das traurige Kapitel mit Pia hinter mir lassen und mit Alina glücklich werden«, erwiderte Hannes auf Victorias Bitte, sich noch einmal mit ihm zu unterhalten.

Daniel Peters saß derweil im Auto und schaltete bei minus zwei Grad und leichtem Schneefall die Standheizung ein.

Hannes bat Victoria in die Wohnung. Der Duft von frisch gebackenem Kuchen empfing sie in der Küche. Hannes brühte eine Kanne Kaffee auf und schnitt den Marmorkuchen auf. Die Stücke legte er auf eine längliche Glasplatte, arrangierte drei Kaffeegedecke und Servietten auf dem Tisch und stellte sogar eine zu den Servietten passende gelbe Kerze dazu. Inzwischen war der Kaffee fertig, und er goss allen dreien ein. Dann nahm er eine silberne Zange und legte jedem ein Stück Kuchen auf den Teller.

»Ich bin eigentlich nicht zum Kaffeetrinken hierher…«, setzte Victoria an, doch Hannes würgte ihren Einspruch mit einem »Den Marmorkuchen haben Alina und ich eben zusammen gebacken« ab.

Der Schnee hatte die Frontscheibe des Toyota völlig bedeckt. Um wieder nach draußen sehen zu können, schaltete Daniel die Zündung an und betätigte viermal den Scheibenwischer.

Victoria griff nach einem zweiten Stück Marmorkuchen. Sie hatte außer dem Tomate-Mozzarella-Baguette den ganzen Tag noch nichts gegessen.

»Der Kuchen schmeckt wirklich super.«

»Marmorkuchen halt«, ließ Alina in einem mürrischen Ton verlauten und hackte mit ihrer Gabel den Kuchen in kleine Stücke, die sie anschließend in Reih und Glied auf dem Teller arrangierte wie eine Armee Soldaten. Victoria schob ihr unfreundliches Verhalten auf den Umstand, dass Alina lieber mit Hannes allein gewesen wäre, statt der Kommissarin unliebsame Fragen zu beantworten, die dazu die noch nicht verheilten Wunden ständig neu aufrissen.

»Denkst du immer noch, dass ich Pia und Manuel umgebracht habe?« Auch Hannes hatte sein Kuchenstück bisher nicht angerührt. Aus seinem Gesicht war jede Emotion gewichen.

»Ich denke das nicht. Aber für die anderen bist du nach wie vor ein Verdächtiger.« Victoria schloss für sich zwar auch noch nicht gänzlich aus, dass Hannes die Morde begangen hatte. Aber sie versuchte, indem sie ihn vom Tatverdacht freisprach, ihn in Sicherheit zu wiegen, und hoffte, dass er sich so mehr öffnete. Als verrate sie ihm ein Geheimnis, sagte sie mit vertraulichem Unterton: »Für mich waren die Morde nicht nur eine Beziehungstat.«

»Du meinst, hier im Dorf läuft ein irrer Killer rum und schlachtet die Malberger ab?«

Victoria nickte zaghaft. Er schien auf das ihm angebotene Vertrauensverhältnis anzuspringen und betrachtete sich selbst nun nicht mehr als Verdächtigen, sondern als Zeugen.

»Du hast eine blühende Phantasie. Ein Serienkiller in Malberg!« Hannes klatschte gespielt empört auf den Tisch und schaufelte sich ein Stück Kuchen in den Mund.

Auf der Scheibe bildeten sich die ersten Eiskristalle. Daniel fürchtete, ihnen gleich mit dem Eiskratzer zu Leibe rücken zu müssen, dabei hinterließ der immer hässliche Mikrorisse. Er war froh, dass es nicht sein eigenes Auto war. Trotz der Standheizung begann er allmählich zu frieren.

Nachdem Victoria Hannes' Nachfrage, ob sie ein weiteres Stück Kuchen wolle, verneint hatte, sprang Alina auf, um das Geschirr in die Spülmaschine zu räumen.

»Hast du eigentlich Manuel in der Mordnacht gesehen?« Den Kopf hatte Victoria starr auf Hannes gerichtet, doch mit den Augen folgte sie Alinas Bewegungen.

»Ich habe ihn nur beim Umzug gesehen, danach nicht mehr.«

»Und du, Alina?«

Alina warf eine Tasse, die auf der Küchenabdeckung stand, um. Ein Rinnsal Kaffee lief hinaus.

»Ich hatte den ganzen Samstag Kopfschmerzen. Kurz nachdem Pia weg war, bin ich nach Hause gegangen. Manuel habe ich auch nur beim Umzug gesehen.«

Victoria hätte Alina gern gefragt, warum sie Hannes auf der außerordentlichen Versammlung der Karnevalsfreunde Malberg so vehement als Mörder von Pia angeprangert hatte und nun – ohne dass der Täter ermittelt war – mit ihm zusammen war.

Als hätte sie Victorias Gedanken erraten, warf Alina ein: »Ich weiß nicht, wie ich dich, Hannes, verdächtigen konnte, meine beste Freundin umgebracht zu haben. Du bist so ein liebenswerter Mensch.« Sie strich Hannes über den Kopf. Er schloss die Augen.

»Weißt du, Victoria, ich bin so lange unglücklich in Pia verliebt gewesen. Ich bin wie ein Hund hinter ihr hergelaufen. Und sie hat sich einen Dreck um mich geschert. Die wollte doch nur den Manuel. Ich hab mich monatelang zum Deppen gemacht. Alina ist so wundervoll. Sie hat mir zugehört in meinem Liebeskummer und in meiner Trauer. Sie versteht mich. Wir haben beide eine Freundin verloren.« Hannes umfasste Alinas Finger und küsste ihren Handrücken.

Daniel verfluchte sich, dass er seine Handschuhe in seinem Koffer im Hotel vergessen hatte. Zunächst versuchte er, die Finger warm zu reiben, dann steckte er sie schließlich in seine Hosentaschen. Doch alles half nichts. Am liebsten wäre er ins Haus gegangen und hätte sich zu Victoria und Hannes in die warme Küche gesetzt. Doch er wollte seine Kollegin nicht noch einmal an diesem Tag enttäuschen. Sie wollte allein mit Hannes reden, und diesen Wunsch respektierte er. Er würde im Auto sitzen bleiben und auf sie warten, und wenn er den Rest der Woche mit einer Grippe im Bett verbringen musste. Er mochte sie, und er wollte, dass auch sie ihn mochte.

»Ich hoffe, ihr findet den Mörder bald«, sagte Alina mit erstickter Stimme und begann zu weinen. Sofort nahm Hannes sie in den Arm. Da ließ Alina ihren Tränen freien Lauf, legte ihren Kopf auf Hannes' Schulter und schluchzte heftig. Hannes streichelte ihr mit der Hand sanft den Rücken entlang.

Victoria verabschiedete sich in Anbetracht der schmerzlichen Situation von den beiden und wünschte ihnen alles Gute für ihre Beziehung.

Als Daniel seine Kollegin erblickte, startete er dankbar den Motor und drehte den Heizungsknopf auf die höchste Stufe.

»Du hättest mich fast umgebracht«, schmunzelte er und hustete in seine Armbeuge.

Sie war viel zu aufgewühlt, um sich um Daniels Wehwehchen zu kümmern. Eher beiläufig als schuldbewusst fragte sie: »Ist dir kalt geworden?«

Tiefe Ironie schwang in seiner Stimme, als er sagte: »Nein, bei minus zwei Grad ist mir doch nicht kalt, mir doch nicht. Wenn ich meine Badehose dabeigehabt hätte, wäre ich eine Runde im Schnee schwimmen gegangen.«

Sie lachten, doch Victoria brach abrupt ab und platzte heraus: »Hannes Becher und Alina Schulze sind jetzt zusammen.«

»Wahnsinn!« Daniel machte große Augen. »Victoria Fischer und Daniel Peters noch nicht.«

Victoria schüttelte den Kopf über diesen blöden Witz, musste aber gleichzeitig einsehen, dass Daniel Alina überhaupt nicht kannte und deswegen auch die Bedeutung dieser Nachricht nicht einordnen konnte.

Victoria sprudelte ohne Punkt und Komma los. Nachdem Daniel nur Worte wie »Versammlung«, »Marmorkuchen« und »Anprangerung« hatte aufschnappen können, ließ er seine Hand wie ein Fallbeil durch die Luft sausen und unterbrach damit Victorias Redeschwall.

»Moment, ich komme gerade nicht so ganz mit. Und ehrlich gesagt, mir ist so kalt, dass meine Gehirnzellen eingefroren sind.« Er rieb sich die Hände, die vor Kälte schon eine rötliche Farbe angenommen hatten. »Ich mache dir einen Vorschlag: Du lädst mich zu einem Kaffee ein und erzählst mir alles in Ruhe, einverstanden?«

»Einverstanden. Lass uns nach Betzdorf ins Lakö fahren.« Dass sie zwei Stücke Marmorkuchen gegessen hatte, erzählte sie ihm nicht.

Daniel saß am Steuer, und Victoria wies ihm den Weg. Er lenkte den Wagen über die Hachenburger Straße, bog nach rechts in Richtung Steinebach ab und fuhr über Elben und Steineroth nach Betzdorf.

SWR3 spielte die ersten Akkorde von Bon Jovis »Someday I'll Be Saturday Night«, und Victoria trommelte sie mit den Fingern auf das Armaturenbrett. Gleichzeitig mit Jon Bon Jovi begann sie, »Hey man, I'm alive, I'm taking each day and night at a time, I'm feeling like a Monday but someday I'll be Saturday night« zu singen. Zwar zeigte sich Victoria zu einhundert Prozent textsicher, traf aber keinen einzigen Ton. Daniel blickte belustigt zur Seite und sah, wie sich seine Kollegin im Headbanging versuchte. Dann griff sie nach der Wasserflasche, die in der Tür steckte, und benutzte sie als Mikrofon. Daniel hatte Mühe, sich auf die Straße und den Verkehr zu konzentrieren, was zum einen an Victorias schiefem Gesang lag und zum anderen daran, dass er sie bei ihrem Auftritt zu gern beobachtet hätte. So konnte er nur hin und wieder einen Blick zur Beifahrerseite werfen. Victoria schien die Welt um sich herum völlig ausgeblendet zu haben und ärgerte sich lediglich darüber, dass die Radioversion im Gegensatz zum Original entschärft worden war. Der Anfang der ersten Strophe lautete jetzt »All the good is gone« statt »All the good shit's gone«.

»Hast du schon mal darüber nachgedacht, zu einer von diesen neumodischen Castingshows zu gehen?«, giggelte Daniel, während Victoria von dem Wunsch sang, sich mit der Seele und dem Gesicht einer anderen Person zu einer anderen Zeit an einem anderen Ort befinden zu wollen.

Während Gitarrist Richie Sambora sein Solo schmetterte,

antwortete Victoria mit einem »Ha, ha, ich weiß, dass ich nicht singen kann«.

»Verwöhnst du deine neuen Kollegen immer mit diesem Ohrenschmaus?«, zog Daniel sie auf. Sie warf ihm einen kritischen Blick zu, doch er stichelte munter weiter: »Sozusagen als Mutprobe. Wer meinen Gesang nicht aushält, ist ein Schwächling.«

»Ja, ja, streu kräftig Salz in die Wunde!« Victoria stützte den Ellbogen an der Tür ab und lehnte den Kopf gegen ihre Hand.

»In welche Wunde?« Dann fügte Daniel neckisch hinzu: »Du kannst mich gleich ins Krankenhaus fahren. Dann habe ich nämlich ein ausgewachsenes Ohrenbluten.«

Sofort verstummte Victoria, verschränkte die Arme und sah gekränkt zum Seitenfenster hinaus. Obwohl seine Aussage nur als Scherz gemeint war, verstand Daniel, dass er damit einen wunden Punkt bei seiner Kollegin getroffen hatte. Sie sprach kein Wort mehr mit ihm.

Im Lakö schlüpfte Victoria wieder in ihre professionelle Rolle der Kommissarin. Sachlich-distanziert erläuterte sie Peters die Fakten zu Hannes Becher und Alina Schulze. Zwischenzeitlich servierte der Kellner einen Cappuccino und eine Pizza mit Salami für Daniel, einen Salat Italia und einen Pfefferminztee für Victoria. Daniel packte geräuschvoll seinen Keks aus der Plastikfolie, tauchte ihn in den Cappuccino-Schaum und biss ein Stück ab.

»Auf jeden Fall sind die beiden jetzt ein Paar«, beendete Victoria ihren Vortrag.

»Das ist doch schön für die zwei.«

»Findest du das nicht komisch?«

Daniel schüttelte mit dem Kopf und nippte an seinem Cappuccino. An seiner Oberlippe klebte ein Schaumbart. Victoria ertappte sich dabei, wie sie ihn anlächelte und fand, dass ihn das schnuckelig aussehen ließ. Noch am Morgen hatte sie sich über Patricks Schokobart geschaudert, der in ihren Augen seine Ungepflegtheit ausdrückte, und jetzt fand sie ihn bei Daniel süß. Süß! Welcher Mann wollte schon süß aussehen?

Als befürchte sie, dass Daniel ihre Gedanken lesen könnte, die ihr selbst sofort peinlich waren, wurde ihr heiß, und ihr Gesicht verfärbte sich rot. Sie zog sich die schwarze Strickweste, die sie über einem lilafarbenen Rollkragenpullover trug, aus, schob sie unter ihren Hintern und schaute aus dem Fenster auf die Heller. Da der Schnee in den letzten Tagen getaut war, hatte sich das Flüsschen in einen reißenden Strom verwandelt. Das Lakö lag direkt neben dem Amtsgericht im S-Forum. Der Name S-Forum stand für die Sparkasse, in deren Auftrag das Gebäude errichtet worden war und die sich neben verschiedenen Arztpraxen darin befand. Eine Brücke führte von dort über die Heller direkt in die Fußgängerzone.

»Warum sollte ich das komisch finden?« Daniel zerschnitt seine Pizza in acht Stücke.

»Noch vor wenigen Tagen ist der total vernarrt in Pia, und kaum ist sie tot, ist er direkt mit Alina zusammen.«

»Victoria, du weißt doch, wie die jungen Männer sind. Die wollen nur ihren Spaß und lieben die Abwechslung. Die müssen sich die Hörner abstoßen.« Daniel betonte ihren vollständigen Namen dermaßen übertrieben, dass Victoria dies als Anspielung auf ihr Verbot, sie Vicky zu nennen, deutete.

»Wir müssen das so hinnehmen, oder denkst du, die Beziehung hat was mit den Morden zu tun?«

»Quatsch! Hannes ist kein Mörder!« Sie wollte eine schwarze Olive auf ihre Gabel spießen, erwischte die Olive aber so, dass sie auf ihren Stuhl plumpste. Da die Olive die gleiche Farbe wie ihre Strickweste hatte, konnte sie die Frucht nicht sehen, schüttelte deshalb die Weste aus, und dabei kullerte die Olive über den Boden davon Richtung Theke.

Daniel sah ihr belustigt hinterher. »Olivenweitwurf. Ist das jetzt eine neue Sportart?« Er lachte.

»Du bist so gemein und musst mich immer ärgern«, empörte sich Victoria spielerisch und stimmte in sein Lachen ein.

»Wir können ja gleich mal einen Wettbewerb machen. Wer zuerst den Kellner trifft«, stichelte er weiter.

»Das ist doch zu einfach«, sie winkte ab. »Wenn schon, dann, wer zuerst das Auge des Kellners trifft.«

»Oh, oh, Frau Fischer. Das könnte Ihnen aber eine Anzeige wegen gefährlicher Körperverletzung einbringen«, warnte Daniel und tadelte sie mit ausgestrecktem Zeigefinger.

»Aber die sind doch selbst schuld, wenn die solche Mordinstrumente in den Salat machen.« Victoria kamen vor Lachen bereits die Tränen.

»Die sollst du ja auch essen und nicht durch die Gegend schießen.« Daniel hielt sich den Bauch.

Victoria wischte sich mit der Serviette die Lachtränen aus dem Gesicht. Es tat gut, mit Daniel so unbefangen herumalbern zu können. Endlich konnte sie die Mordfälle und das unangenehme Gespräch mit Patrick für eine Zeit vergessen. Oft fiel es ihr schwer, nach dem Dienst zu Hause abzuschalten. In Gedanken ging sie dann den gesamten Tag noch einmal durch. Waren sie mit den Ermittlungen vorangekommen? Waren die Aussagen des Verdächtigen bei seiner Vernehmung wirklich schlüssig gewesen? Ließen sich doch noch irgendwo Widersprüche entdecken? Wie mochte es den Angehörigen des Opfers gehen? Jetzt mit Daniel im Lakö fielen der Stress und die Anspannung der letzten Stunden von ihr ab, und sie konnte sich völlig auf ihn und das Essen konzentrieren.

Als sie die Rechnung forderten, machte der Kellner schon die übrigen Tische sauber und stellte die Stühle hoch. Sie hatten gar nicht gemerkt, wie die Zeit vergangen und dass außer ihnen kein Gast mehr anwesend war.

Obwohl sich Daniel zunächst sträubte, bezahlte Victoria für sie beide, denn immerhin hatte sie ihm versprochen, ihn einzuladen. Er begleitete sie zu ihrem Ford KA, der hinter der Polizeiinspektion parkte. Während sie auf dem Hof wendete, stellte er sich auf den Gehweg, sodass er die

Friedrichstraße im Blick hatte. Als sie die Schranke passierte, gab er ihr mit einer Handbewegung zu verstehen, dass von links kein Auto kam. Vor der Ampel ordnete sich Victoria rechts ein, um mit ihrer gelben Kugel auf die Steinerother Straße abzubiegen. Da ein Fußgänger kreuzte, musste sie am Zebrastreifen anhalten. Daniel Peters winkte ihr nach, bis sie hinter der Post verschwunden war.

Am Mittwochnachmittag richteten die Malberger Bürger und Vereine eine Trauerfeier für Pia Becker und Manuel Pfeiffer im Bürgerhaus aus, bei der auch Victoria Fischer und Daniel Peters anwesend sein sollten. Den Mittwochvormittag verbrachten sie in ihren Büros, um weiteren Hinweisen, die auf den Aufruf in der Rhein-Zeitung hin aus der Bevölkerung gekommen waren, nachzugehen.

Victoria telefonierte mit einer Frau, die angab, Manuel gegen zwei Uhr in der Nacht von Samstag auf Sonntag an der Bushaltestelle unweit des Malberger Lädchens gesehen zu haben. Er ging ein paar Meter vor ihr. Er war allein, und um diese Zeit war niemand unterwegs. Am Zigarettenautomaten war er stehen geblieben, hatte Geld eingeworfen und in seiner Jackentasche gegraben. Anscheinend – so schloss die Zeugin – hatte er seine Bankkarte, mit der er sein Alter nachweisen wollte, nicht gefunden. Die Zeugin hatte, obwohl sie Manuel kannte, die Straßenseite gewechselt, um an ihm vorbeizugehen. Als sie ihn passierte, klingelte der Automat und gab ihm das eingeworfene Geld zurück. Manuel hatte es in seinen Geldbeutel gesteckt und war hinter ihr hergegangen. Gegenüber der Kirche war sie schließlich in ihre Zielstraße, die Feldstraße, eingebogen. Manuel war weiter Richtung Ortsausgang marschiert.

Walter stand unterdessen im Besprechungsraum pfeifend vor der weißen Tafel, in der Hand hielt er einen Stapel grüne Karteikarten. An die Tafel waren Fotos von den Tatorten und Karteikarten geheftet, auf denen der Ablauf der Morde, Zeugenaussagen, Ermittlungsansätze und erste Ergebnisse verzeichnet waren. Mit einem schwarzen Whiteboard-Marker waren Verbindungslinien zwischen Ereignissen und Personen, die zusammengehörten, gezogen.

Walter riss die Karteikarten von der Tafel und setzte sich an den Tisch. Er konnte die Kritzelschriften einiger Kollegen nicht leiden. Für ihn sahen die Karten aus, als wäre ein Huhn darübergetapst. Fein säuberlich schrieb Walter die Karteikarten neu. Sein Ordnungsspleen verlangte es, dass alle in einer einheitlichen Schrift und gut lesbar geschrieben waren. Danach befestigte er sie wieder mit den Magneten an der Tafel. Dann wischte er auch die Striche aus, holte ein großes Lineal und zeichnete sie erneut ein. Er trat ein paar Schritte zurück und betrachtete sein Werk. Er lächelte zufrieden.

Sie saßen bereits im Toyota, als Victoria bemerkte, dass sie ihren Regenschirm vergessen hatte. In den vergangenen Stunden hatte der aufkommende Wind die Temperaturen auf über fünf Grad getrieben. Der Wetterbericht hatte für den Nachmittag Regen vorausgesagt und damit recht behalten. Victoria hoffte, dass damit der Winter endgültig der Vergangenheit angehörte und kein Schnee mehr fiel. Sie lief zurück in ihr Büro, um den Schirm zu holen.

Daniel klappte die Sonnenblende nach unten und betrachtete sich im Spiegel. Für seine einunddreißig sah er ganz passabel aus, fand er. Er schüttelte sich die vom Regen am Kopf klebenden Haare auf und kämmte sie mit den Fingern zurück. Dann hauchte er in seine Handinnenfläche. Nein, Mundgeruch hatte er auch nicht. Da sah er es! Das konnte doch nicht wahr sein! Ein graues Haar in seinem sonst pechschwarzen Kinnbart. Mit spitzen Fingern strich er die schwarzen Haare zur Seite und legte so das graue frei. Er packte es und riss es mit einem schnellen Ruck aus. Von links nach rechts suchte er dann Millimeter für Millimeter den Bart ab.

»Na, auf der Suche nach Läusen?«, rief Victoria ihm belustigt entgegen, als sie die Tür öffnete, den Schirm auf die Fußmatte vor den Rücksitz warf und sich auf den Sitz fallen ließ.

Daniel fasste sich ans Herz. »Hast du mich erschreckt!«

Grinsend schnallte sie sich an.

Daniel ging in die Offensive. »Ich werde alt. Ich habe ein graues Haar in meinem Bart entdeckt. Findest du mich alt?« Erwartungsvoll schaute er zu ihr.

»Steinalt«, winkte sie ab.

»Nein, sag mal ehrlich.«

»Ich dachte immer, graue Haare machen Männer reifer und interessanter für Frauen. Und da du so einen Aufstand machst, schließe ich daraus, dass du für die Damenwelt nicht anziehend und attraktiv sein willst.« Victoria zwinkerte ihm verschwörerisch zu.

»Okay, dann präsentiere ich dir ab jetzt voller Stolz jedes meiner interessanten grauen Haare.«

Victoria lachte und startete mit einem »Mach das« den Motor.

An diesem Nachmittag schien ganz Malberg auf den Beinen zu sein. Rund um das Bürgerhaus und den Festplatz waren alle Parkplätze besetzt. Victoria musste den Wagen in der Schulstraße in der Nähe der Einmündung in die Wiesenstraße abstellen, und sie gingen die restlichen Meter zu Fuß. Da es noch einige Zeit dauern konnte, bis die Leichname von Pia Becker und Manuel Pfeiffer freigegeben wurden, hatten die Malberger Bürger beschlossen, ihrer in einer eigenen Trauerfeier zu gedenken und vor der Öffentlichkeit ihren Zusammenhalt zu demonstrieren.

Victoria und Daniel betraten das Malberger Bürgerhaus durch den Haupteingang. Die Wandelemente, die die Bühne von der Halle abtrennten, waren zur Seite geschoben und die Bühne war nun an den Raum angeschlossen. Auf ihr stand ein Rednerpult, mit schwarzem Stoff überzogen. Links davon befand sich ein Tisch, der mit einem weißen Tischtuch bedeckt war. Auf ihm standen ein Foto von Pia Becker und eines von Manuel Pfeiffer. Um die Fotos lagen weiße Rosen und Buchsbaumästchen. Auf der rechten Seite hatten die Mitglieder der Musikfreunde ihre Instrumente und Notenständer aufgebaut. Vor der Bühne prangten zwei Arrangements aus weißen Lilien, Margeriten und eingeflochtenem Grün. Die Halle war mit den hier vorhandenen Holzstühlen bestuhlt, und obwohl es noch eine Viertelstunde dauern sollte, bis die Trauerfeier begann, waren alle Plätze besetzt. Trotz der vielen Menschen war es so still, dass man eine Nadel hätte fallen hören. Jeder hatte beim Eintreten in das Bürgerhaus ein Teelicht erhalten, das am Ende der Trauerfeier angezündet und vor die Fotos der Ermordeten gestellt werden sollte. So sollte jeder die Chance haben, persönlich Abschied zu nehmen und in Gedanken bei Pia Becker und Manuel Pfeiffer zu sein.

Bürgermeister Stefan Weber und die Vorsitzenden der Vereine saßen neben den Angehörigen der Opfer in der ersten Reihe. Victorias Mutter hob kurz die Hand in Richtung ihrer Tochter, als sie sie erblickte. Victoria war völlig in die Atmosphäre und die Menschen vertieft. Da Täter oft zu Beerdigungs- oder Gedenkfeiern ihrer Opfer gingen, um sich entweder an dem Verbrechen und der Trauer der Angehörigen zu weiden oder um bei ihrem Opfer um Vergebung zu bitten, weil sie ihre Tat zutiefst bereuten, war sich Victoria sicher, hier und heute Hinweise auf den Mörder zu finden. Daniel Peters nickte Victorias Mutter unbekannterweise zu. Die jungen Frauen der Funkenmariechen saßen in der zweiten Reihe. Dahinter hatten die Spieler der ersten Fußballmannschaft Platz genommen. Die Beamten blieben in der Nähe der Tür stehen, da sie von dort aus den ganzen Raum im Blick hatten. Zudem konnten sie beobachten, ob jemand zu spät kam oder die Trauerfeier früher verließ. Mit einer solchen auffälligen Verhaltensweise könnte sich der Täter womöglich verraten. Oft fand man den Mörder im nahen Umfeld der Opfer – dafür sprach schon allein die Kenntnis um die symbolische Bedeutung des Wasserablaufs für das ehemalige Liebespaar Pia Becker und Manuel

Pfeiffer –, daher war davon auszugehen, dass er sich auf der Trauerfeier zeigte. Denn mit seinem Nichterscheinen würde er mehr Aufsehen erregen und den Verdacht auf sich lenken als mit seiner Anwesenheit.

Die Mitglieder der Musikfreunde betraten in ihren weinroten Anzügen die Bühne. Dirigent Sascha Meyer zählte mit dem Taktstock an, und die Musiker begannen mit dem Lied »Ich hatt' einen Kameraden«. Danach erklomm Bürgermeister Stefan Weber die Stufen zur Bühne und stellte sich hinter das Rednerpult.

»Hoffentlich wird das jetzt nicht wieder so eine Wir-dürfen-den-Ruf-unseres-Dorfes-nicht-gefährden-Ansprache, wie er das bei der Versammlung der Karnevalsfreunde gemacht hat«, flüsterte Victoria Daniel zu.

Doch noch bevor sie ihren Satz beendet hatte, zerschellte ihre Hoffnung mit dem klagend-aggressiven Ton, den Weber anschlug.

»Sehr geehrte Dorfgemeinschaft, wir sind heute zusammengekommen, um zweier Menschen – Pia Becker und Manuel Pfeiffer – zu gedenken, die durch grausame Verbrechen aus ihren jungen Leben gerissen wurden. Beide haben sie – Pia Becker als Solomariechen der Karnevalsfreunde und Manuel Pfeiffer als Torwart der ersten Mannschaft der Fußballfreunde Malberg – unser Dorf inner- und außerhalb des Landkreises Altenkirchen, sogar bis über die Landesgrenze des Bundeslandes Rheinland-Pfalz hinaus, repräsentiert und würdig vertreten.«

Victoria ballte die Hand in ihrer Jackentasche zur Faust und hätte sie gern Stefan Weber mitten ins Gesicht gerammt. Zwei Menschen waren auf kaltblütige und bestialische Weise ermordet worden, und er stand derart überheblich und arrogant vor seinen Mitbürgern. Dabei waren ihm die Opfer gleichgültig. Ihm ging es einzig und allein darum, die Schmach des Dorfes abzuwenden.

»Pia und Manuel, ihr werdet immer einen Platz in unseren Herzen haben. Wir werden euch für euren selbstlosen Einsatz ewig dankbar sein.«

Danach trug er zum wiederholten Male seine Sorge um das Ansehen der Ortsgemeinde vor. Besonders im Hinblick auf das entstehende Industriegebiet und den Ausbau des Jagdweges zum Wohngebiet müsse der Täter schnellstmöglich gefasst werden, »um die Attraktivität und den Reiz unseres Dorfes zu bewahren und keinesfalls zu schmälern«.

Im Geiste prügelte Victoria bereits auf den am Boden liegenden Ortsbürgermeister ein.

Weber fuhr mit dem Appell fort, alle Beobachtungen, die im Zusammenhang mit den Taten stehen könnten, sofort bei der Polizei zu melden, bis zur Ergreifung des Täters besonders wachsam im Hinblick auf fremde Personen, die sich im Ort herumtrieben, zu sein und beim ersten Verdacht, dass eine erneute Straftat vorliegen könnte, die Polizei zu alarmieren. Beim besten Willen könne er sich nicht vorstellen, dass der Täter aus den eigenen Reihen komme. Vielmehr halte er die Morde für einen gezielten Angriff auf die Malberger Vereine und deren Erfolge.

»Um keine weitere Angriffsfläche für den Täter zu bieten, sehe ich nur einen Weg: Ab dem heutigen Tag lege ich – bis der Mörder hinter Schloss und Riegel sitzt – alle Malberger Vereine still.«

Die Gesichter der Malberger im Saal zeigten die blanke Empörung. Ein Stimmengewirr hob an, und die Trauerfeier verlor die Atmosphäre einer solchen. Man hatte eher das Gefühl, einer hitzigen Diskussion im Bundestag beizuwohnen.

Bürgermeister Weber fiel in die Geräuschkulisse ein: »Ich verstehe Ihre Aufregung und Ihren Unmut, aber ich kann es unter den jetzigen Umständen nicht länger verantworten, dass die Vereine weiterbestehen und so tun, als sei nichts geschehen. Die Vereinsstilllegung ist allein zu Ihrem Schutz erforderlich. Nur so können wir weiteren Verbrechen vorbeugen, die noch mehr Unheil über uns und unser Dorf bringen würden.«

Stimmen erhoben sich und riefen: »Wie lange sollen die Vereine stillgelegt werden?« – »Was passiert, wenn der Täter nie gefasst wird? Bekommt Malberg dann niemals seine Vereine zurück?« – »Wir befinden uns mitten in der Fußballsaison. Wie sollen wir so den Klassenerhalt schaffen?« – »Am Dienstag haben wir Schachfreunde eine wichtige Revanche gegen unseren Erzrivalen! Die können wir doch nicht absagen!« – »Wenn sich die Morde gegen das Malberger Vereinswesen richten, hat der Täter doch durch die Stilllegung sein Ziel erreicht!«

Die Trainerin der Kegelfreunde ereiferte sich: »Wir treten morgen bei der Landesmeisterschaft an. Der Termin steht schon seit über einem Jahr fest, und wir trainieren seit Wochen dafür. Dürfen wir jetzt dort nicht teilnehmen?«

»Bitte beruhigen Sie sich, meine Damen und Herren. Es geschieht alles zu Ihrer Sicherheit.« Weber fuhr mit dem Zeigefinger den gesamten Raum ab. »Ich bin enttäuscht, dass Sie meine Schutzmaßnahmen derart angreifen und ablehnen. Glauben Sie mir, die Entscheidung, diesen Schritt zu gehen, ist mir nicht leichtgefallen.« Er schlug mit der Faust auf das Rednerpult und blickte zugleich traurig und streng in die Runde. Augenblicklich verstummte das Gemurmel.

Dann begann Weber erneut: »In der Vereinsstilllegung ist die Schließung des Bürgerhauses und des Sportplatzes natürlich mit inbegriffen. Nur mein Büro, das sich hier im Untergeschoss befindet, bleibt weiterhin geöffnet, und ich stehe Ihnen als Ansprechpartner jederzeit zur Verfügung.«

Wieder schallten Rufe durch die Halle. »Wo sollen wir denn trainieren?« – »Wir von den Chorfreunden können so auch nicht proben.« – »Das lassen wir uns nicht gefallen. Das geht doch nicht.« – »Ein Dorf lebt von seinen Vereinen.« – »Das Andenken der Opfer wird damit in den Dreck gezogen!«

Unter den erneut anbrechenden Stürmen der Entrüstung beendete Stefan Weber seine Rede mit einem »Ich danke Ihnen für Ihr Verständnis«, wofür er nur höhnisches Gelächter erntete.

Frank Müller, der erste Vorsitzende der Karnevalsfreunde, betrat die Bühne und versuchte, indem er eine Schweigeminute für Pia und Manuel einläutete, die erhitzten Gemüter zu beruhigen.

In einer bewegenden Rede schilderte er dann Pias Weg bei den Karnevalsfreunden Malberg. Mit liebevollen Worten erzählte er, wie Pia als Zehnjährige zunächst bei den Juniorfunkenmariechen eingetreten war. Mit Freude und Ehrgeiz habe sie das zweimal wöchentlich stattfindende Training absolviert und schon früh durch ihr herausragendes Können hervorgestochen. Fünf Jahre später wechselte sie zu den Funkenmariechen. Dort hatte sie jede Session mit den anderen Mädchen einen Gardetanz einstudiert, den sie im Rahmen von Veranstaltungen des eigenen Vereins und befreundeter Karnevalsvereine aufführten. Auch zu Geburtstagen und Hochzeiten von Vereinsmitgliedern wurden sie eingeladen, um ihre Tanzkünste unter Beweis zu stellen. Gemeinsam mit dem Männercorps erarbeiteten sie einen Mottotanz, der in jedem Jahr das Finale der Karnevalssitzung bildete. Jedes Mal tobte das Zelt und verlangte nach einer Zugabe. Mit sechzehn Jahren begann Pia Becker, Tanztrainerin Judith Stein beim Training der Mini- und Juniorfunkenmariechen zu helfen. Ein gutes Jahr später übernahm sie die Leitung der Minifunkenmariechen. Kurz darauf beendete das dreißigjährige Solomariechen Marie Reifenrath seine Karriere bei den Karnevalsfreunden, da sie heiraten und eine Familie gründen wollte. Der Vorstand veranstaltete daraufhin ein Casting für ein neues Solomariechen, und man entschied sich schließlich einstimmig für Pia Becker. Die schien am Ziel ihrer Träume angekommen und wirbelte sich mit selbst choreografierten Tänzen zu Rock- und Popsongs in die Herzen ihres Publikums.

»Pia, wir vermissen dich und werden dich nie vergessen«, endete Frank Müller seine Rede.

Dann lief »Eternity« von Robbie Williams, Pias Lieblingslied, vom Band. Schon beim ersten Refrain gelang es den meisten Anwesenden nicht mehr, ihre Tränen zurückzuhalten. Ein Knistern von Taschentuchpäckchen, Schluchzen und Schnäuzen mischten sich mit Robbie

Williams' gefühlvoller Stimme. Spätestens als er von der verschwendeten Jugend sang, schienen die Parallelen zu Pia Beckers kurzem und jungem Leben so präsent und stark, dass beinahe jedem die Tränen über die Wangen liefen. Warum musste sie so früh sterben? Warum auf so grausame Art und Weise? Warum durfte sie ihr Leben nicht leben? Warum wurde sie mitten aus ihrer Jugend gerissen? Jetzt konnten sie nur für Pia Becker beten und hoffen, dass sie ihre Freiheit und ihren Frieden dort fand, wo immer sie jetzt war. Dort, wo niemand sie mehr verletzen konnte.

Die Musikerinnen und Musiker der Musikfreunde griffen zu ihren Instrumenten und spielten das Lied »Wir sind nur Gast auf Erden«. Trainer Uwe Orthen stieg hinter das Rednerpult. Sein schwarzer Anzug spannte über seinem Bauch. Die Krawatte hing schief zur linken Seite. Mit zitternden Fingern zog er ein zusammengefaltetes Papier aus seiner Hosentasche, klappte es auf und legte es vor sich. Mit beiden Händen stützte er sich schwer auf das Rednerpult ab. Victoria fand, dass Orthen um Jahre gealtert aussah, dabei war es noch nicht einmal achtundvierzig Stunden her, seit sie ihn das letzte Mal gesehen hatte. Er war nur noch ein Schatten des dynamischen und selbstsicheren Trainers, den er immer verkörperte. Er sprach von Manuel Pfeiffer wie von einem eigenen Sohn. Bei der Schilderung der Karriere seines Schützlings bei den Fußballfreunden, die bei den Bambinis begonnen und über die verschiedenen Jugendmannschaften bis in die erste Mannschaft geführt hatte, kam er immer wieder ins Stocken, da die aufsteigenden Tränen ihm den Atem zum Sprechen nahmen und er mehrmals einen festen Kloß im Hals niederkämpfen musste.

»Für uns alle ist es so unbegreiflich, was in den vergangenen Tagen passiert ist, und wir werden noch Monate brauchen, bis wir die Geschehnisse begriffen haben, aber verstehen werden wir sie nie. Manuel, wir werden dich nie vergessen. Du wirst immer ein Teil von uns bleiben. Du bist und bleibst unser …« Schließlich siegten die Tränen und erstickten Uwe Orthens zitternde Stimme. Mit einem Taschentuch wischte er sich flüchtig durch das Gesicht, knüllte sein Blatt Papier zusammen und verließ mit gesenktem Kopf die Bühne. Aus den Lautsprechern der Stereoanlage erklang Manuels Lieblingslied »You'll Never Walk Alone«.

In einem eleganten schwarzen Kostüm und mit einer großen Sonnenbrille, die die vom Weinen geschwollenen Augen verdeckte, betrat Alina Schulze die Bretter, die sonst die Welt bedeuteten, die aber heute so unbedeutend wie bloßes Holz wirkten. Während sie sich mit der rechten Hand eine Träne von der Wange wischte, rückte sie mit der linken das Mikrofon zurecht. Hannes Becher nickte ihr von seinem Platz immer wieder aufmunternd zu.

»Liebe Freunde, es gab so viele einzigartige Erlebnisse, die ich mit Pia verbinde, so wie sie ein einzigartiges Mädchen war. Eines davon möchte ich euch heute erzählen, damit wir vor allem die Erinnerung an die fröhliche und unbeschwerte Pia wachhalten. An die Pia, die voller Tatendrang, Energie und Lebensfreude war.« In der ersten Reihe schluchzte Sabine Becker auf. Alina hielt einen Augenblick inne und schaute sie an. Im Gegensatz zu den anderen hielt sie ihre Rede frei. Dabei wirkte sie ganz spontan, und gleichzeitig schien es, als wähle sie ihre Worte mit größtem Bedacht.

»Vor unserem Auftritt bei der Proklamation in Elkenroth ist mir vor Jahren einmal eine Naht am Rock gerissen. Pia war immer so organisiert und auf alle Eventualitäten vorbereitet. Ich befürchtete schon, nicht mit auf die Bühne gehen zu können, da der Rock an der Seite völlig auseinanderklaffte und alles, was ich daruntertrug, offenbarte. Der Verzweiflung nahe, wollte ich den anderen Mädchen sagen, dass sie den eingeübten Tanz noch auf die letzte Minute umstellen müssten, da ich so unter keinen Umständen mitmachen könnte. Ich wusste, dass ich allen den Auftritt verderben würde, da nun die mühsam trainierte Reihenfolge noch umgestellt werden musste, was sich so kurz vorher keiner mehr merken konnte. Ich sah den Auftritt schon im Desaster enden, bei dem wir als die Anfänger aus Malberg ausgelacht werden würden, als Pia mich am Arm zog und in Richtung

Toilette schleppte. Aus ihrer kleinen Umhängetasche holte sie ein Nähtäschchen hervor, forderte mich auf, den Rock auszuziehen, und nähte gekonnt mit wenigen Stichen den Riss notdürftig zusammen. Als sie fertig war, hatten die anderen bereits die Bühne betreten, und während unser Karnevalsprinz den Elkenrother Narren ein karnevalistisches Gen attestierte und viel Erfolg für die Session wünschte, schlichen wir uns neben die anderen Mädchen auf die Bühne, die schon ungeduldig auf uns gewartet hatten. Der anschließende Tanz klappte einwandfrei, und wir ernteten besonders für unsere Hebefiguren tosenden Applaus.«

Victoria merkte, wie in den Anwesenden eine Veränderung vor sich ging. Alina verstand es, die Tränen zu trocknen und die Trauer für jeden ein bisschen erträglicher zu gestalten. Und mit einem Mal war es so, als würde Pia Becker noch leben. Als würde jeden Moment die Tür aufgehen und das junge, hübsche, selbstbewusste Mädchen im blau-rot funkelnden Paillettenkleid mit einem schallenden Lachen den Raum betreten und einen Solotanz aufführen. Doch die Tür blieb zu, und Pia Becker blieb ermordet, grausam zugerichtet und entblößt.

»Das war nur eine von vielen Geschichten, die zeigen, was unsere Pia ausmachte. Sie war ein wundervolles Mädchen. Ich bin stolz darauf, dass ich ihre Freundin sein durfte.« Alina zog die Sonnenbrille von den Augen. Sie war ungeschminkt, obwohl sie sonst nie ohne Wimperntusche, Eyeliner, Rouge und Lipgloss das Haus verließ. Sie ließ die Sonnenbrille in die Tasche ihres Blazers gleiten, schritt die Stufen hinunter, reichte den Eltern der Ermordeten ihre Hand und sprach ihr Beileid aus. Unterdessen stimmten die Musikfreunde »O Welt, ich muss dich lassen« an.

Auch Manuels Mitspieler Thorsten Kind resümierte noch einmal den Lebensweg des Torwarts, würdigte seinen Humor, den er auch nach verlorenen Spielen stets bewahrt hatte, und seine motivierende Art. Während Jeff Buckleys »Hallelujah« aus den Lautsprechern schallte, gingen die Mädchen der Funkenmariechen durch die Reihen und zündeten den Anwesenden ihre Teelichter an. Victoria blickte eine lange Zeit in die vor ihr zuckende Flamme. Nein, neue Hinweise hatten sich nicht ergeben. Keiner hatte sich auffällig verhalten. Allen waren die Trauer und das Entsetzen ins Gesicht gegraben. Daniel hatte bereits sein Teelicht vor den Fotos der Getöteten abgestellt, als Victoria ihre Augen hob. Als Letzte schloss sie sich der Trauerreihe an, stellte ihre Kerze zu den anderen und verharrte einen Moment vor den Fotos. Pia und Manuel schauten sie herausfordernd und fröhlich an, dass es Victoria den Hals zuschnürte, und sie ließ sich das Versprechen abnehmen, den Mörder der beiden zu finden und so lange keine Ruhe zu geben, bis er seiner gerechten Strafe zugeführt wurde.

Sabine Becker, die von ihrem Mann Manfred gestützt wurde, trat neben Victoria. Sie reichte Sabine die Hand und nahm sie dann in den Arm. Manfred ließ die Hand seiner Frau nicht los. Victoria wollte etwas Tröstendes sagen, doch als sie Sabines zerbrechlichen Körper in ihren Armen spürte, fielen Distanz und Professionalität von ihr ab. Die Tränen schossen ihr in die Augen, als sie sich von ihr löste. Ihr Kinn bebte, als sie immer weiter nach Worten rang und schließlich nur ein »Es tut mir leid« hervorbrachte. Manfred legte den Arm um seine Frau und führte sie an den Anwesenden vorbei nach draußen. Gerne hätte Victoria auch Manuel Pfeiffers Eltern noch einmal ihr Beileid ausgedrückt, aber die hatten das Bürgerhaus anscheinend schon verlassen, und auch draußen konnte Victoria sie nicht mehr erblicken.

Auf dem Weg zum Auto durch den strömenden Regen sprachen Daniel und Victoria kein Wort. Victoria zog den Reißverschluss ihrer Jacke bis unter das Kinn und sog die kalte Luft tief in ihre Lungen. Sie war froh, sich unter ihrem Regenschirm verstecken zu können, den Gedanken nachzuhängen und ihre Gefühle unter Kontrolle zu bekommen. Sie hoffte, dass Daniel ihren Ausrutscher in die Emotionalität vor den Kollegen nicht breittreten würde. Besonders Walter durfte davon nichts erfahren, da er sie sonst womöglich noch wegen Befangenheit von dem Fall abziehen würde. Dabei hatte sie Pia und Manuel und allen Malbergern versprochen, den Mörder zu fassen.

Als Victoria den Autoschlüssel aus ihrer Tasche holte, nahm Daniel ihn ihr fürsorglich und ohne ein Wort ab. Victoria ließ es geschehen und begriff mit einem Mal, wie einfühlsam und verständnisvoll ihr neuer Kollege war, den sie erst seit vorgestern kannte. Obwohl sie schon seit fast fünf Jahren mit Martin Kleinschmidt beim K1 zusammenarbeitete, war der noch weit davon entfernt, sofort zu wissen, was in seiner Kollegin vorging, und entsprechend zu reagieren. Daniel dagegen schien in ihr Innerstes blicken und nachempfinden zu können, was sie dachte und fühlte.

»Da wird man ja ganz depressiv«, nuschelte Daniel vor sich hin, als er an dem Stoppschild vor der Hachenburger Straße warten musste. Ein BMW kreuzte von links aus Richtung Schwedengraben. Da an der rechten Seite eine Tannenhecke stand, konnte er nicht sehen, ob sich von dort ein Fahrzeug näherte. Langsam tastete er sich vor und würgte prompt den Toyota ab. Er drehte das Radio leiser, als würden seine Konzentration und Fahrkünste durch den schallenden Gesang beeinträchtigt.

»Zwei Menschen sind ermordet worden«, empörte sich Victoria und drückte den Kopf gegen die Nackenstütze.

Daniel grummelte ein »Hm« vor sich hin, als er schließlich die Hachenburger Straße überquerte.

Victoria drehte das Radio wieder lauter, gerade liefen die Wetteraussichten. Die Moderatorin erzählte von einer Schönwetterfront, die in den nächsten Tagen im Westerwald eintreffen sollte.

»Lass die Bewohner doch trauern. Wir vom Dorf fühlen uns eben noch unseren Mitmenschen gegenüber verantwortlich. Ihr in der Stadt kennt nicht einmal euren eigenen Nachbarn! Was willst du mir von Nächstenliebe erzählen?«, fuhr Victoria Daniel von der Seite an.

»Ich hab doch überhaupt nichts gesagt«, versuchte er sich zu verteidigen.

Victorias aufgestaute und mit Mühe zurückgehaltene Trauer entlud sich in einem Wutanfall, der ihren Kollegen unvorbereitet traf.

»Sag ruhig, dass wir Bauerntrottel sind. Sag ruhig, dass wir nicht die Modernsten sind. Ja, und sag von mir aus auch, dass wir eigenbrötlerisch und verschlossen sind, aber wir kümmern uns«, sie hämmerte mit dem ausgestreckten Zeigefinger in die Luft, »um unsere Mitbürgerinnen und Mitbürger, wenn die unsere Hilfe brauchen.«

Während sie schnaubte, musste Daniel unwillkürlich an ein steigendes Pferd denken, das zornig seinen Reiter abwirft. Er hatte keine Lust mehr, ständig das Opfer der Wutausbrüche seiner Kollegin zu sein. Diesmal wollte er nicht zurückstecken und den Mund halten. Diesmal beschloss er, ihr Kontra zu geben. Er warf ihr ein »Du klingst schon wie euer Bürgermeister!« an den Kopf und wusste, dass er alles nur noch schlimmer machen würde. Aber auch seine Geduld hatte irgendwann ein Ende.

Victoria kniff die Augen zu schmalen Schlitzen zusammen. »Lass den aus dem Spiel! Stefan Weber ist ein verdammter Idiot!«

»Ach. Und wer hat eben noch einen auf Musketiere gemacht? Wie war das? Einer für alle und alle für einen. Und plötzlich ist der Bürgermeister, der Leithammel, oder soll ich vielleicht sagen, der Oberbauer, ein verdammter Idiot?« Daniel wusste, dass er die Geschwindigkeitsbegrenzung auf der Steinerother Straße um gut zwanzig Stundenkilometer überschritt, aber er wollte sich von dieser Frau nicht länger zum Narren halten lassen. Er hatte ihre Gefühlsausbrüche schon mehrmals innerhalb der letzten achtundvierzig Stunden stillschweigend ertragen, doch nun war ein dicker Regentropfen in das randvolle Fass geplatscht und hatte es zum Überlaufen gebracht.

»Das nimmst du jetzt sofort zurück!«

»Ich?« Daniel schlug sich mit dem Zeigefinger gegen

seine Brust und wusste, dass er, sollte er jetzt geblitzt werden, diese rasante Fahrt seinem obersten Chef, dem Leiter der Zentralen Kriminalinspektion in Koblenz, würde erklären müssen. Da es sich nicht um eine Einsatzfahrt handelte, war seine Geschwindigkeitsüberschreitung höchst illegal und fahrlässig. »Ich nehme hier gar nichts zurück.«

Victoria holte eine Plastikwasserflasche aus ihrer Handtasche, und Daniel fürchtete einen Moment, sie würde sie aufdrehen und den Inhalt in sein Gesicht schütten. Doch sie beförderte sie zum Mund und trank in langen, kräftigen Zügen. Dann strich sie ihre Jacke glatt und stellte die Beine nebeneinander. Mit monotoner Stimme sagte sie: »Ich habe keine Lust, mich mit dir zu streiten.«

Victoria fand, dass sie die Energie, die sie für einen Streit mit ihrem Kollegen brauchte, besser in die Aufklärung der beiden Mordfälle investieren sollte. Ihre Nerven waren zurzeit sowieso zum Zerreißen gespannt. Sie wusste nicht, wie sie damit umgehen sollte, wenn sie den Täter nicht finden würde. Und mit jedem Tag, der verging, erkalteten die Spuren mehr, und so wurde auch die Chance, ihn aufzuspüren, geringer. Bisher hatten sie zwei Tatverdächtige – Frederik Schumacher und Hannes Becher –, doch beweisen konnten sie nichts.

Schweigend rollten sie auf das Gelände der Polizeiinspektion Betzdorf. Da alle Parkplätze belegt waren, bugsierte Daniel den Toyota in zweiter Reihe hinter den Audi, mit dem sie aus Koblenz gekommen waren. Als er die Handbremse anzog, riss Victoria die Tür auf, griff nach Schirm und Handtasche und preschte aus dem Wagen auf das Gebäude zu. Daniel sah ihr kopfschüttelnd hinterher. Was hätte er dafür gegeben, ihre Gedanken lesen zu können. »Die ist doch viel zu emotional und aggressiv für ihren Beruf«, grummelte er müde vor sich hin.

Nach Feierabend tendierte Victoria Fischers Laune geradewegs zum Nullpunkt. Zuvor hatte sie Michael Walter gebeten, wieder ein Ermittlungsteam mit Martin Kleinschmidt bilden zu dürfen. Zwischen Daniel und ihr stimmte die Chemie einfach nicht, und seine verständnisvolle Art machte sie rasend. Aber Walter hatte ihr Gesuch vehement abgelehnt und seine Autorität wie auf einem Silbertablett vor sich hergetragen. »Kommt nicht in Frage. Solange ich hier das Sagen habe, werden meine Anweisungen befolgt. Das gilt auch für Sie, Frau Kriminaloberkommissarin«, hatte er sie wie ein dummes Schulmädchen heruntergeputzt.

Als Victoria zu Hause ankam, war Katze Lilly mal wieder auf Besuch bei Onkel Erwin und Tante Franziska. Im Kühlschrank fanden sich nur schimmelige Pellkartoffeln, die schon vor ein paar Tagen hätten gebraten werden sollen. Daneben lagen eine runzelige rote Paprika und ein abgelaufener Joghurt. Wie ein Tiger in seinem engen Käfig pirschte sie durch die Wohnung und wusste nicht, wohin mit sich und ihren Gedanken. Sie schaltete den Fernseher ein und zappte durch verschiedene Programme. Obwohl ihr Kopf dem Gerät zugewandt war, registrierte sie das Geschehen nicht und hörte mit keinem Ohr hin. Von einer inneren Unruhe geplagt, sprang sie auf, drückte den Abschaltknopf auf der Fernbedienung und goss sich ein Glas Orangensaft ein. Noch halb voll stellte Victoria es auf die Küchenabdeckung, um nach einem Stück Schokolade zu suchen. Sie brauchte Nervennahrung. Achtlos riss sie das blau-rote Papier auf und schob sich den Riegel in den Mund. Sie kaute so kräftig, dass ein braunes Rinnsal aus ihrem Mundwinkel floss. Als sie den Mülleimer unter der Spüle aufzog, um das Papier wegzuwerfen, stützte sie sich mit der rechten Hand auf der Arbeitsplatte ab und warf dabei das Glas Orangensaft um.

Es kam ihr vor, als passierte alles in Zeitlupe. Zunächst fiel das Glas auf die Seite, der Orangensaft lief heraus, das Glas kullerte über die Küchenabdeckung in Holzoptik, fiel hinunter auf den Parkettboden, wo es in tausend Stücke zerbarst. Erst als der Orangensaft auf ihre Füße tropfte, löste sich ihre Starre allmählich und sie gewann die Kontrolle über ihren Körper wieder. Sie zog sich die nassen Socken aus und hängte sie über den Wasserhahn. Dann lief sie ins Bad und stellte sich unter die Dusche. Es tat gut, das warme Wasser auf der Haut zu spüren. Sie wusch sich zweimal die Haare, benutzte Spülung und eine Kur.

Nachdem sie das Wasser abgedreht hatte, schlug sie ein großes Badetuch um ihren Körper und ein kleines um ihre nassen Locken. Sie hatte vergessen, sich frische Klamotten mitzunehmen. Also huschte sie ins Schlafzimmer, suchte sich eine Jeans und eine brombeerfarbene Bluse heraus. Schnell trug sie etwas Mascara und Make-up vor dem großen Spiegel im Badezimmer auf. Sie schälte die Haare aus dem Handtuch und frottierte sie ab. Von dem vielen Waschen und Kneten waren sie so verwoben, dass sich dicke Knoten gebildet hatten. Mit einem breiten Kamm fuhr Victoria kraftvoll durch die Haare. Jedes Mal, wenn sie an einem Knoten hängen blieb, riss sie an dem Kamm, bis er sich durch das Durcheinander gewühlt hatte und ihre Kopfhaut brannte. Als sie die Locken schließlich entwirrt hatte, hatte sie das Gefühl, ihre Kopfhaut sei überall aufgerissen, und das Blut liefe über ihren Nacken die Wirbelsäule hinunter.

Nach dem Föhnen eilte sie zurück in die Küche, ließ jedoch die Glasscherben und den Orangensaft, der sich mittlerweile in einer Pfütze gesammelt hatte und langsam eintrocknete, achtlos liegen und trank gierig Mineralwasser aus der Flasche. Sie fühlte sich müde und zugleich aufgekratzt. Sie nahm die Fernsehzeitschrift, wollte das Programm studieren, doch die Buchstaben verschwammen vor ihren Augen. Beim dritten Umblättern riss sie die Seite zur Hälfte ein. Nein, sie konnte an diesem Abend nicht allein bleiben. Der Fall machte ihr Gehirn mürbe. Ihre Gedanken kreisten immer wieder um die Verdächtigen. Hatten sie bei den Ermittlungen etwas übersehen? Gab es eine Möglichkeit, den wahren Täter zu überführen? Victoria musste weg. Raus. Unter Leute. Die schrecklichen Ereignisse vergessen. Wenigstens für ein paar Stunden.

Victoria Fischer stieg in ihren gelben KA und fuhr nach

Hachenburg. Sie wollte sich im Cinexx-Kino den neuen Film mit Matthias Schweighöfer ansehen.

Als sie ihren Wagen auf dem Parkplatz am Bahnhof abstellte, ärgerte sie sich wieder einmal über die Dreistigkeit der Stadt, die seit einiger Zeit hier Parkautomaten aufgestellt hatte. Da das Kino bis auf Neitersen im ganzen Westerwald keine Konkurrenz hatte und sich das Freizeitangebot für Jugendliche in dieser Region sowieso überschaubar gestaltete, lockte das Cinexx zahlreiche Besucher aus den umliegenden Städten und Gemeinden an. Anscheinend wollte die Verbandsgemeindeverwaltung ein Stück von diesem leckeren, geldeinbringenden Kuchen abhaben. Victoria sah es nicht ein, diesen Profitmachern Münzen in den Rachen zu werfen, und vertraute auf die Wirkung ihres Polizeisterns von der Deutschen Polizeigewerkschaft, der auf der Fahrerseite hinter der Windschutzscheibe prangte. Außerdem durften sich die Ordnungshüter vom Ordnungsamt um diese Zeit in ihrem wohlverdienten Feierabend befinden und kaum Lust verspüren, bei Dunkelheit und Kälte die Parkplätze nach Parkprellern abzusuchen.

Victoria lief über das holprige Kopfsteinpflaster entlang der Bahnschienen und erklomm außer Atem die Stufen, die in das Kinofoyer führten. Über der Kasse strahlten die Filmplakate unter den Halogenlampen. Matthias Schweighöfer blickte Victoria Fischer mit seinem typischen verschmitzten Lächeln an. Es roch nach frischem Popcorn und der Käsesoße, die es zu den Nachos gab.

»Guten Abend. Bitte schön?« Der Mann hinter der Theke war etwa dreißig Jahre alt, hatte lichtes schwarzes Haar, und eine Lücke klaffte zwischen seinen oberen Schneidezähnen.

»Ich … äh«, stammelte Victoria. »Einmal ›Rubbeldiekatz‹, bitte.«

»Für die Spätvorstellung?« Er rückte sein Headset zurecht, mit dem er Reservierungsanrufe entgegennahm. Auf seinem dunkelblauen T-Shirt prangte das Logo des Kinos.

Victoria sah auf ihre Armbanduhr, auf das Plakat und wieder auf ihre Armbanduhr. Sie zeigte Viertel nach acht. Die Spätvorstellung begann erst um halb elf, die Abendvorstellung hatte um Viertel vor acht begonnen. Sie hatte eben weder auf die Uhrzeit noch auf die Zeitangaben der Filme geachtet. Hinter ihr hatte sich eine Schlange gebildet, und eine Männerstimme murrte etwas wie »Junge Frau, entscheiden Sie sich«.

»Ja, die Spätvorstellung«, gab Victoria etwas verwirrt zurück.

»Loge oder Parkett?«

»Parkett.«

»Also *eine* Karte?«, fragte der Verkäufer noch einmal und betonte das Wort »eine« dermaßen übertrieben, als könne er nicht glauben, dass eine Frau heutzutage allein ins Kino ging. Warum meinen immer alle, dass das Kino der ideale Ort für Dates und dergleichen ist, dachte Victoria. Es gab doch wohl kaum etwas Unromantischeres, als im Kino in durchgedrückten roten Sesseln zu sitzen und sich eine Schnulze oder Komödie anzusehen. Erstens konnte man dabei dem anderen nicht in die Augen schauen, und zweitens war eine Unterhaltung in solcher Geräuschkulisse und im Hinblick auf die anderen Zuschauer unmöglich. Bei einem Date, fand Victoria, musste beides realisierbar sein.

Sie trat nervös von einem Fuß auf den anderen. »Ja, eine Karte.« Und hätte diese dem Verkäufer am liebsten auf die Stirn geklatscht.

Bevor er ihr den Preis nennen konnte, reichte sie ihm einen Zehn-Euro-Schein. Er gab ihr drei Euro zurück. Ihr Blick blieb an einer Liste kleben, die auf dem Tresen lag. Darauf konnten die Besucher unterschreiben, um gegen die Parkgebühren zu protestieren. Für einen Moment war Victoria versucht, nach dem Kugelschreiber zu greifen. Doch dann sah sie, dass von den Unterzeichnern Angaben zu Name, Alter, Anschrift und Beruf verlangt wurden. Schließlich gelangte sie zu der Einsicht, dass sich die Berufsbezeichnung Kriminaloberkommissarin auf so einer Liste sicherlich nicht gut machte. Sie würde dazu führen, dass sich die Leute wieder über die Polizeibeamten aufregten, die sich nach deren Meinung sowieso den ganzen Tag den Hintern platt saßen. Und eben diese Polizeibeamten wagten es nun auch noch, über ihren angeblich so geringen Verdienst zu jammern und gegen die Parkgebühren zu protestieren. Womöglich würden sich auch die Ordnungshüter vom Ordnungsamt von ihren vermeintlichen Kollegen verraten fühlen, frei nach dem Motto: Eine Krähe hackt der anderen Krähe kein Auge aus. Dabei verstanden nur die Ordnungshüter sich selbst gern als Kollegen der Polizeibeamten, die ihrerseits auf diese Vergleiche gern verzichteten, da die Hilfspolizisten des Ordnungsamtes lediglich eine Ausbildung von acht bis zwölf Wochen absolvierten, wohingegen Polizeibeamte ein dreijähriges Studium hinter sich bringen mussten.

Der Drucker ratterte und spuckte Victorias Eintrittskarte aus. Bevor er ihr »Viel Spaß« wünschen konnte, nahm sie dem Verkäufer das Stück Papier aus der Hand und marschierte Richtung Popcorntheke. Durch eine Glasscheibe grinsten die gepufften Maiskörner sie regelrecht an. Ihr Magen knurrte. Das Essen war heute mal wieder zu kurz gekommen. Neben ihr stand ein junges Pärchen, das sich gegenseitig mit Popcorn fütterte. Ihr stieg nochmals der Geruch der Käsesoße in die Nase, und sie verzog angewidert das Gesicht. Ihr wurde übel. Sie hatte noch gut zwei Stunden Zeit, bis der Film begann. Sie brauchte etwas Deftiges, sie musste ihren Hunger stillen.

Victoria betrat das Matrix durch das Kinofoyer. Das Restaurant war durch eingezogene Wände, an denen Filmplakate und Fotos mit Filmszenen hingen, vom Kino abgetrennt. An den dunkelbraunen Holztischen tummelten sich viele Gäste. Auch die Bar war voll besetzt. Es duftete nach warmem Baguette und Schafskäse. Victorias Bauch machte mit einem

Grummeln auf sich aufmerksam. Sie setzte sich an einen leeren Tisch in der Mitte des Raumes und blätterte in der Speisekarte. Als der Kellner kam, bestellte sie einen KiBa, eine Westerwälder Kartoffelsuppe als Vorspeise und die Knoblauch-Pasta zum Hauptgang. Der Regen prasselte von draußen an die Fensterscheiben. Hart und unnachgiebig.

Die Kartoffelsuppe war heiß und würzig. Genau das Richtige an kalten, trüben Tagen. Victoria ließ die weichen Stückchen der tollen Knolle auf ihrer Zunge zergehen. Einen willkommenen Gegensatz dazu bildeten die krossen Knoblauchcroûtons, die krachend zwischen ihren Zähnen zersprangen und am Gaumen für eine wahre Geschmacksexplosion sorgten. Den letzten Rest Brühe, der sich unten am Boden angesammelt hatte, trank sie direkt aus dem Schälchen.

Victoria war ganz in ihre Nudeln vertieft, als von rechts eine Stimme an ihr Ohr drang.

»So sieht man sich wieder. Guten Abend!« Daniel klang erfreut und streifte sich seine Jacke von den Schultern.

Victoria blickte ihn missmutig an und stöhnte. »Mir bleibt heute auch nichts erspart. Was machen Sie denn hier?«

Ohne um die Erlaubnis zu bitten, sich zu ihr an den Tisch setzen zu dürfen, ließ sich Daniel, nachdem er die Jacke über die Lehne geworfen hatte, auf den Stuhl ihr gegenüber plumpsen. In der Hand hielt er eine Kinokarte, die er in seine Westentasche steckte.

»Sind wir jetzt wieder beim Sie?« Er rückte seinen Stuhl näher an den Tisch und stützte die Ellbogen darauf ab.

Victoria wandte sich wieder ihrem Hauptgang zu und blieb ihm die Antwort schuldig.

»Also gut«, begann Daniel erneut. »Ich würde ja sagen: zwei Dumme, ein Gedanke. Aber ich sag's nicht, sonst steigen Sie mir wieder aufs Dach.« Er akzeptierte, dass sie ihm anscheinend das Du wieder entzogen hatte, auch wenn er fand, dass sie sich wie ein Kindergartenkind benahm.

Victoria raunte etwas vor sich hin in Richtung Teller, als kommuniziere sie mit ihren Nudeln. Als der Kellner an den

Tisch trat, bestellte Daniel ein Malzbier und die Westerwälder Kartoffelsuppe mit dem Kommentar: »Wenn ich schon mal hier bin, muss ich auch etwas Regionaltypisches essen.« Der Kellner verzog keine Miene und notierte alles fein säuberlich auf seinem Block. Er hatte eine Mädchenschrift.

Victoria schob den leeren Teller beiseite und bestellte eine Apfelsaftschorle, als der Kellner Daniels Suppe servierte. Sie dampfte und verbreitete einen anheimelnden Duft. Jetzt musste Victoria die Erinnerungen zulassen, die sich schon eben, als sie ihre Suppe gelöffelt hatte, in ihren Kopf geschlichen hatten, die sie aber erfolgreich verdrängt hatte. Früher hatte ihre Oma ihr immer so eine Suppe gekocht. Mit Lauch, Zwiebeln, Selleriegrün und vielen Kartoffeln. Alles im eigenen Garten angebaut. Dann hatte sie Speck in einer Pfanne ausgelassen und ihn in die Suppe gegeben. Für die nötige Würze sorgte ein Hauch geriebene Muskatnuss. Oma Greta backte dazu stets Pfannkuchen. Victoria kämpfte mit den Tränen. Bis heute hatte sie den Tod der über alles geliebten Großmutter, die vor vier Jahren plötzlich aus dem Leben geschieden war, nicht verwunden. Sie senkte den Kopf, um Daniel den Schmerz, der sich in ihrem Gesicht spiegelte, nicht sehen zu lassen. Er kommentierte unterdessen jeden Löffel mit »Hm, wie lecker« oder »Oh, ist die gut«. Victoria konnte die eigenen Gedanken nicht länger ertragen und ging zur Toilette. Sie tupfte sich das Gesicht mit einem Papiertuch ab, das sie unter dem Wasserhahn angefeuchtet hatte. Als sie zurückkehrte, wartete auf ihrem Platz eine Crème brulée. Auch Daniel hatte eine vor sich stehen.

»Ich dachte, so zur Versöhnung«, gab er kleinlaut von sich.

Victoria murmelte ein leises »Danke«.

Nachdem Victoria und Daniel ihre Rechnungen beglichen hatten, stand Victoria auf und griff nach Handtasche und Jacke. In diesem Moment klopfte ihr von hinten eine Hand auf die Schulter, die sie erschrocken zusammenfahren ließ. Sie griff sich an ihr Herz.

»Hallo, Vicky.« Katharina Wüst, die beste Freundin ihrer Schwester Karla, lächelte sie an. Auch wenn sie in Koblenz Lehramt studierte und dort eine Wohnung hatte, verbrachte sie jeden freien Tag in der Heimat.

»Was erschreckst du mich so? Ich hätte fast einen Herzinfarkt bekommen.«

»Hast du ein schlechtes Gewissen?« Katharina sah erst zu Victoria und dann herausfordernd zu Daniel, als erwarte sie, mit ihm bekannt gemacht zu werden.

»Quatsch«, winkte Victoria ab, verzichtete aber darauf, Daniel vorzustellen, obwohl Katharina noch immer in seine Richtung schielte. Deshalb übernahm er das selbst, erhob sich und reichte ihr seine Hand mit den Worten »Daniel Peters. Ich bin Victorias … ich meine … Frau Fischers Kollege«. Er grinste. Katharina Wüst blickte verwirrt zwischen den beiden hin und her. Victoria hätte ihm am liebsten die Faust mitten ins Gesicht gerammt.

»Also wenn Liebe am Arbeitsplatz bei euch verboten ist, mein Mund«, Katharina fuhr mit Daumen und Zeigefinger über ihre Lippen, »ist verschlossen.« Mit einer Handbewegung deutete sie an, den Schlüssel für ihren Mund wegzuwerfen. Dabei wippten ihre rotblonden Haare, die ihr offen über die Schultern fielen.

Daniel setzte sich wieder an den Tisch, während Victoria unschlüssig neben Katharina stand.

»Vicky, ich hätte dich in den nächsten Tagen sowieso noch angerufen. Hast du kurz Zeit?« In Katharinas Augen lag ein schwer zu deutendes Flehen.

Da die Uhr erst kurz vor zehn zeigte, forderte Victoria sie auf, auf dem freien Stuhl neben ihr Platz zu nehmen. Gern wäre sie Daniel losgeworden, doch sie traute sich nicht, ihn einfach fortzuschicken. Katharina und Victoria bestellten beim Kellner alkoholfreie Cocktails.

»Es geht um Pia«, sagte Katharina mit bebender Stimme. Sie legte die Stirn in Falten und wirkte hoch konzentriert.

»Soll ich vielleicht ins Auto gehen?«, warf Daniel ein, zeigte hinaus Richtung Parkplatz und erntete dafür einen vernichtenden Blick von Victoria und einen verwirrten von Katharina.

Als keine von beiden Anstalten machte, etwas zu sagen, erhob sich Daniel. Katharina griff nach Victorias Hand, die diese auf den Tisch gelegt hatte, und klammerte sich daran fest. »Victoria, ich glaube, es ist besser, wenn dein Kollege hierbleibt.« Katharinas Fingernägel bohrten sich in Victorias Haut, als sie flüsterte: »Es geht um die Morde.«

Victoria willigte schließlich mit einem Kopfnicken ein, und Daniel setzte sich hin. »Katharina tanzt auch bei den Funkenmariechen«, informierte Victoria ihren Kollegen.

»Bei uns herrscht nicht Friede, Freude, Eierkuchen, wie es nach außen hin den Anschein hat.« Katharina löste ihre Fingernägel aus Victorias Haut. Dort hatten sie weiße, halbkreisförmige Eingrabungen hinterlassen. »Die Funkenmariechen sind seit Jahren innerlich zerstritten. Mal geht es um die Auswahl der Kostüme, dann um die Trainingszeiten, dann um die Choreografie. Ständig gibt es Zoff um Lappalien.«

»Ich weiß. Das war schon so, als ich noch mitgetanzt habe.«

Daniel blickte seine Kollegin erstaunt an. Er konnte sich beim besten Willen nicht vorstellen, dass sie mal im funkelnden Paillettenkleid die Beine geschwungen hatte. Das passte überhaupt nicht zu ihrer zugeknöpften und konservativen Art.

»Und wehe, du erzählst das einem Kollegen weiter.« Sie drohte ihm mit dem Zeigefinger.

Ohne auf die Warnung einzugehen, frotzelte er: »Ach, jetzt sind wir plötzlich wieder beim Du?«

»Vicky, viele waren neidisch auf Pia, auf ihren Erfolg und ihr Können. Michaela Hoffmann, Katrin Schneider, Svenja Hellinghausen und auch Alina Schulze. Sie alle haben Pia die Position als Solomariechen missgönnt. Sie alle haben davon geträumt, selbst Solomariechen zu werden. Doch ihre Tanzkünste sind – gelinde gesagt – miserabel.«

»Wurde Pia Becker bedroht?«, erkundigte sich Daniel.

»Ich weiß nicht. Manchmal wurde sie von ihren Neidern mit dummen Sprüchen bedacht, aber bedroht ...«

»Wieso hat Alina Schulze dann eine so bewegende Trauerrede auf Pia Becker gehalten?« Victoria zog an dem Strohhalm ihres Cocktails. Nur noch wenig Saft bedeckte die schmelzenden Eiswürfel.

»Früher waren sie mal die besten Freundinnen. Aber irgendwann herrschte Funkstille zwischen den beiden. Keine Ahnung, warum. Wahrscheinlich sieht sie jetzt die Möglichkeit, sich zu profilieren, um dann – wenn Gras über die Sache gewachsen ist – in Pias Fußstapfen treten zu können. Die nutzt doch jede Gelegenheit, eine Schau abziehen zu können.«

»Denkst du, ihre Trauer war nicht echt?« Victoria zeigte sich geschockt. Bisher hatte sie geglaubt, eine gute Menschenkenntnis zu besitzen. Hatte sie sich so getäuscht und von gefühlvollen Worten, die nichts weiter zu sein schienen als leere Worthülsen, einlullen lassen?

»Doch, ich bin mir sicher, dass sie wirklich traurig und erschüttert ist. Aber auf der anderen Seite sieht sie auch endlich ihre Chance gekommen, Solomariechen zu werden. Und die will sie jetzt ergreifen.«

Victoria zog den Rest ihres Cocktails geräuschvoll durch den Strohhalm nach oben in den Mund. »Begeht man deshalb einen Mord?«, sprach sie ihre Gedanken laut aus.

»Das habe ich nicht gemeint. Ich wollte nur, dass du ... dass ihr wisst, dass es bei uns nicht halb so harmonisch zugeht, wie es aussieht.«

Auf der Leinwand liefen schon die Filmtrailer, als Victoria um kurz nach halb elf den Kinosaal betrat. Wie sich herausstellte, hatte Daniel eine Karte für den neuen Actionfilm mit Bruce Willis gekauft, der nebenan gezeigt wurde. Victoria bewunderte in den folgenden knapp zwei Stunden Matthias Schweighöfers täuschend echt wirkende Verwandlung in eine junge Nachwuchsschauspielerin. Allein sein Tragen halsbrecherischer High Heels nötigte ihr als Frau gehörigen Respekt ab, da sie noch nie in solchen Schuhen hatte laufen können und es vermutlich auch nie lernen würde. Manchmal glaubte Victoria, die Schüsse der Actionszenen aus dem Nebenraum zu hören, wobei sie nicht wusste, ob dies an den Mordfällen oder an Daniel lag. Schließlich fand Matthias Schweighöfer doch noch zu einem Happy End mit seiner großen Liebe, und als beim Abspann die Lichter wieder angingen, packten einige Damen in den Fünfzigern verschämt ihre nassen Taschentücher ein.

Im Foyer wartete Daniel, die Hände in den Taschen seiner verwaschenen Jeans vergraben, auf Victoria.

»Kann ich dich zu deinem Auto bringen? Schöne Frauen soll man nicht allein durch die Dunkelheit laufen lassen.« Er strich sich durch seinen Kinnbart.

»Ich bin Polizistin, ich kenne mich mit Selbstverteidigung aus«, wehrte sie ab.

»Jetzt lass mich doch.« Daniel schob beleidigt die Unterlippe vor.

Als er ihr die Tür nach draußen aufhielt, schlug ihnen eisig kalte Luft entgegen. Er griff in seine Jackentasche, holte eine Mütze heraus und setzte sie sich auf den Kopf. Der Regen hatte aufgehört. Von ihm zeugten nur noch Pfützen, die den Gehweg säumten.

»Wo hast du geparkt?«

»Hinter dem Bahnhof auf dem Parkplatz, und du?«

»Da hinten«, Daniel wies über das Kino hinweg, zurück in die Richtung, aus der sie gekommen waren, »auf dem Kinoparkplatz.«

»Dann musst du ja die ganze Strecke wieder zurück. Du brauchst mich wirklich nicht zu begleiten.«

Doch Daniel reagierte nicht auf diesen Einwand, sondern fragte stattdessen: »Wie hat dir der Film gefallen?«

»Ganz gut, aber ich war nicht wirklich in der Stimmung für eine Komödie«, gab Victoria zu.

»Dann wärst du wohl besser mit zu Bruce gegangen.«

Daniel schwang den Arm senkrecht nach oben und spreizte Daumen und Zeigefinger ab. Er machte »Bäm, bäm, bäm« und wirbelte mit seinem Arm durch die Luft.

»Nein, danke, das habe ich in meinem Beruf genug. Das brauche ich nicht auch noch in meiner Freizeit.« Victoria lächelte.

»Da war es ja.« Daniel schnipste mit den Fingern, die eben noch durch die Nacht gestoben waren und dabei Schüsse abgegeben hatten.

»Was?« Victoria blieb abrupt stehen.

Daniel, der nach dem unvermittelten Stopp seiner Kollegin noch zwei Schritte weitergelaufen war, kehrte um und berührte mit dem Zeigefinger ihre Nasenspitze. »Dein Lächeln! Ich dachte, du hättest es verloren.«

»Mach dich nur lustig über mich.« Victoria marschierte voran und hüpfte gekonnt über eine große Pfütze. Daniel wollte ihr nacheifern, setzte an, nahm allerdings zu wenig Schwung und platschte mit beiden Füßen mitten hinein. Das Wasser spritzte nach allen Seiten weg und durchnässte seine Hose bis zu den Kniekehlen. Betreten sah er an sich hinunter.

Victoria konnte sich nur mit Mühe beherrschen, nicht laut loszulachen. »Da bekommt doch der Name Used Wash gleich eine ganz neue Bedeutung.« Kaum hatte sie den Satz beendet, prustete sie los.

»Jetzt machst du dich aber lustig über mich!«, empörte sich Daniel. »Warte ab, wenn ich dich in die Finger bekomme.«

Victoria setzte zum Sprint an, Daniel folgte ihr auf den Fersen. Einerseits kam sie sich total albern und kindisch vor, andererseits fühlte sie sich plötzlich so leicht und unbeschwert wie schon seit Tagen nicht mehr. Schon erreichte Victoria das Bahnhofsgebäude, huschte an den dort parkenden Autos vorbei und sah den Parkplatz, der nur spärlich erhellt wurde. Am gelben KA angelangt, kramte sie nach dem Schlüssel in ihrer Jackentasche. Daniel kam schnellen Schrittes auf sie zu und hielt sich mit der Hand die Seite.

»Mist, ich hab Seitenstechen«, rief er. »Au, tut das weh.«

Er stützte sich am Heck des KA ab, stellte die Beine auseinander und wiegte den Oberkörper hin und her.

»Oh, armer alter Mann«, gab sich Victoria mitleidig und strich ihm den Rücken entlang, doch er hatte die Ironie in ihrer Stimme nicht überhört.

»Vielen Dank auch!« Daniels Atem ging schwer und zeigte sich in weißen Wolken in der Luft. Als der Schmerz allmählich nachließ, stellte er sich kerzengerade hin und schüttelte seine Füße einen nach dem anderen aus.

»Geht es wieder?«

Er nickte.

Victoria schloss die Tür auf und öffnete sie. »Es ist schon spät. Wir müssen beide morgen früh um sieben zum Dienst erscheinen.«

»Ich weiß.« Gedankenverloren kickte Daniel eine achtlos weggeworfene Zigarettenkippe weg.

»Also dann … Gute Nacht und komm gut ins Hotel.« Victoria gurtete sich an und umklammerte den Türgriff. Sie blickte auf und schaute direkt in seine grünen Augen. Daniel lächelte, und Victoria lächelte zurück. Für einen Moment schien die Welt stillzustehen.

Victoria schlug sich gegen die Stirn. »Ich kann dich doch mitnehmen bis zu deinem Auto.« Sie beugte sich über den Beifahrersitz, um die Tür zu entriegeln, denn eine Zentralverriegelung besaß der KA noch nicht. Daniel stieg ein und griff nach dem Sicherheitsgurt. Sie startete den Motor und rollte rückwärts aus der Parklücke. In Höhe des Kinos fuhr sie an den Fahrbahnrand, um ihn aussteigen zu lassen. Daniel beugte sich zu ihr und umarmte sie. Eine feste, warme, beschützende Umarmung. Dann stieg er aus und sagte, während ein Lächeln seine Lippen umspielte: »Gute Nacht und bis morgen dann.« Die Tür fiel ins Schloss. Hinter den Scheibenwischern steckte kein Knöllchen.

Am nächsten Morgen faxte der Staatsanwalt aus Koblenz Kriminalinspektionsleiter Roland Weigel den Durchsuchungsbeschluss für das Haus und das Grundstück von Frederik Schumacher. In den folgenden Stunden durchforsteten Martin Kleinschmidt, Daniel Peters, Michael Walter und Victoria Fischer zusammen mit zehn weiteren Kripo- und Streifenbeamten sowie einem Mitarbeiter des Betzdorfer Ordnungsamtes, der als Zeuge fungieren musste, Frederik Schumachers Anwesen in der Höhenstraße. Die Beamten gingen nicht gerade zimperlich mit seinem Hab und Gut um. Ordner und Aktenmappen segelten zu Boden, Schubladen wurden durchwühlt, sogar das Trockenfutter für Terrier Danny lag ausgeschüttet in der Vorratskammer.

Schumachers lautstarker Protest gegen die Aktion machte ihn nur verdächtiger und die Beamten noch rücksichtsloser gegenüber seinem Besitztum. Bis auf einige Porno-DVDs hatten sie nichts Anrüchiges gefunden, als Daniel nach zweistündiger Suche auf die Fotos der Mädchen der Funkenmariechen stieß. Im Hintergrund zeigten sich die Umrisse der Gemeinschaftsdusche, die durch die Umkleidekabine im Kellergeschoss des Malberger Bürgerhauses zu erreichen war. Der Winkel der Kamera war so gewählt, dass alle vier Duschen und die Waschbecken eingefangen werden konnten. Die Fotos zeigten die Mädchen beim Aus- und Ankleiden, beim Schminken, beim Föhnen und beim Duschen, im Tanzkostüm, im Trainingsoutfit, in ihrer Alltagskleidung oder nackt. Auch Pia Becker war darauf zu sehen.

»Wie können Sie uns das erklären?« Daniel warf die Fotos auf den Tisch vor den auf der Wohnzimmercouch sitzenden Schumacher. Der Oberkommissar verschränkte die Arme vor dem Körper und blickte ihn herausfordernd an. »Und jetzt sagen Sie bloß nicht, Sie hätten nichts davon gewusst, und alles wäre nur ein Missverständnis!« In Daniel stieg eine Wut auf, die er immer dann verspürte, wenn sich Zeugen oder Verdächtige seinen Anweisungen widersetzten oder beharrlich vor sich hin schwiegen.

»Ich sage gar nichts mehr.«

Terrier Danny streifte um die Beine seines Herrchens und kläffte Daniel zornig an.

Michael Walter sortierte unterdessen die CDs, die von den Beamten kreuz und quer in das Regal gelegt worden waren, in alphabetischer Abfolge nach dem Band- oder Nachnamen des Künstlers, wischte mit seinem Hemdärmel den Staub von den Hüllen und reihte alle hintereinander auf.

»Das ist doch gar nicht unsere Aufgabe«, flüsterte Martin Victoria zu und ahmte einen Scheibenwischer vor seinem Kopf nach.

»Lass ihn doch, dann nervt er wenigstens nicht.« Victoria, die noch immer hoffte, das Messer, mit dem Pia Becker erstochen worden war, zu finden, entfaltete Schumachers quietschbunte Muskelshirts.

Sie hörten Walter aus dem Nebenzimmer fluchen: »Wie kann ein Mensch so leben? Ach was ... Wie kann ein Mensch so *hausen*? Hier ist seit mindestens drei Monaten kein Staub gewischt worden. Und diese Wollmäuse auf dem Boden neben der Heizung!« Er hielt die Arme hoch und spreizte angewidert die Finger auseinander.

»Er kann ja bei Schumacher mal als Putzfrau vorsprechen«, scherzte Martin.

»Warum haben Sie die Kamera in der Dusche der Umkleidekabine installiert? Was wollten Sie verdammt noch mal mit den Fotos? Wollten Sie die Mädchen damit erpressen oder gefügig machen?«, schrie Daniel im Wohnzimmer Schumacher an.

Der starrte, die Hände auf den Oberschenkeln, ein Loch in die Luft. Terrier Danny hatte sich unter den Tisch verkrümelt, wo er trotz des Gewusels, das die Beamten um ihn herum veranstalteten, seelenruhig schlief.

»Ich sage nichts mehr«, war Schumachers wiederholte Antwort.

Daniel hatte die Erfahrung gemacht, dass, wenn er Verdächtigen Straftaten unterstellte – die zwar von den Polizisten noch nicht bewiesen werden konnten, aber durchaus auf der Hand lagen –, die Beschuldigten im Falle ihrer Nichtschuld den Unterstellungen vehement widersprachen.

Daniel provozierte: »Ich gehe also davon aus, dass Sie die Fotos gemacht haben, um die Mädchen zu erpressen. Sie haben sie damit konfrontiert und gedroht, die anzüglichen Aufnahmen ins Internet zu stellen. Die Mädchen haben gejammert und gefleht, Sie sollten ihnen ihre Zukunft nicht zerstören. Irgendwann haben Sie schließlich großmütig zugestimmt, die Fotos unter Verschluss zu halten, natürlich für eine entsprechende Gegenleistung. Verzweifelt und hilflos haben die Mädchen Ihnen alles versprochen, und Sie haben verlangt, dass sie mit Ihnen ins Bett steigen. Danach haben Sie …«

Daniels Strategie verfehlte auch diesmal ihre Wirkung nicht. Schumacher unterbrach ihn scharf: »Nein!« Erschrocken hob Danny den Kopf. »Ich will meinen Anwalt sprechen«, sagte Schumacher bestimmt und hielt dem herausfordernden Blick des Oberkommissars stand.

»Wir nehmen Sie jetzt mit zur Polizeiinspektion. Dort können Sie Ihren Anwalt anrufen.«

Im Vernehmungszimmer im zweiten Obergeschoss war es kalt. Obwohl die Heizung auf die höchste Stufe gestellt war, hatte sie in der Nacht nur mäßig Wärme gespeichert.

Normalerweise führten die Beamten der Betzdorfer Polizei- und Kriminalinspektion die Vernehmungen von Zeugen, Opfern und potenziellen Tätern in dem Büro des zuständigen Ermittlers durch. Da die Morde in Malberg zurzeit oberste Priorität und höchste Dringlichkeitsstufe genossen, war der erkennungsdienstliche Raum, in dem sonst Fotos angefertigt und Fingerabdrücke der Verdächtigen genommen wurden, in ein Vernehmungszimmer umgewandelt worden. Neben den beiden Tischen, die an der Wand nebeneinanderstanden und auf denen sich jeweils ein Computer für die erkennungsdienstliche Behandlung befand, gab es jetzt einen rechteckigen Bürotisch in der Mitte des Raumes, an dem fünf Stühle standen. An der Wand rechts neben den Fenstern war eine verspiegelte

Glasscheibe angebracht, die einen Blick in den Raum, aber nicht aus diesem heraus ermöglichte.

Obwohl Frederik Schumacher seinen Anwalt schon nach Betzdorf bestellt hatte, begann er plötzlich auch ohne ihn an seiner Seite zu reden. Victoria schaltete die digitale Videokamera ein, da es bei Mord üblich war, sämtliche Vernehmungen aufzuzeichnen. Eine Flut von Informationen sprudelte aus Schumacher heraus. Es war, als hätte er das alles schon viel zu lange mit sich herumgeschleppt, als wollte er jetzt, da ihm jemand zuhörte, endlich die Gelegenheit nutzen, sein Gewissen zu erleichtern und reinen Tisch zu machen.

»Sie haben recht. Ich habe die Kamera in der Mädchendusche angebracht. Sie reagierte auf Licht. Sobald es angeschaltet wurde, nahm sie alle dreißig Sekunden ein Bild auf.«

Victoria saß Schumacher am Tisch gegenüber. Ihr rechtes Bein hatte sie über das linke geschlagen. Der freie Fuß wippte auf und ab. Daniel lehnte mit dem Rücken gegen die Fensterbank und strich sich durch seinen Kinnbart. Michael Walter beobachtete das Geschehen aus dem Nebenraum durch die verspiegelte Glasscheibe. Martin Kleinschmidt überprüfte in Zusammenarbeit mit den Kollegen aus Nordrhein-Westfalen das Alibi von Frederik Schumacher, der nach wie vor behauptete, das Wochenende am Biggesee verbracht zu haben.

»Was wollten Sie mit den Fotos erreichen?«, fragte Victoria mit einer ungewohnten Strenge in der Stimme. Normalerweise war sie diejenige, die bei Vernehmungen ruhig blieb, doch die Mordfälle in ihrem Heimatort nahmen sie mehr mit, als sie sich eingestehen wollte.

»Gar nichts«, stotterte Schumacher vor sich hin.

»Wollen Sie mir jetzt erzählen, Sie betreiben so einen Aufwand, um sich zu Hause daran zu erfreuen?« Daniel stampfte mit dem Fuß auf den Boden.

Schumachers Antwort war ein leichtes Nicken.

»Das glaubt Ihnen doch kein Mensch!«, fuhr Daniel ihn

an. »Warum gehen Sie nicht in einen Kiosk und kaufen sich dort einen Stapel Pornoheftchen? Wir kriegen Sie nach Paragraf 201a Strafgesetzbuch mindestens wegen Verletzung des höchstpersönlichen Lebensbereiches durch Bildaufnahmen und Hausfriedensbruch dran. Dafür können Sie sich schon mal auf ein Jahr Unterbringung auf Landeskosten einstellen, wenn Sie verstehen.«

Eine unangenehme Stille trat ein. Victoria musste an die Porno-DVDs denken, die sie in Schumachers Haus gefunden hatten, enthielt sich aber eines Kommentars. Am Horizont kämpfte sich die Sonne durch die Wolken. Ihre Kraft wurde mit jedem Tag stärker, ihre Strahlen wärmer, und bald schon würde der Frühling Einzug im Westerwald halten.

»Ich habe die Aufnahmen nicht für mich selbst gemacht«, durchbrach Schumacher das Schweigen. Müde rieb er sich die Augen. Sie waren gerötet und lagen tief in den Höhlen.

»Für wen dann?« Victoria stellte die Beine aufrecht nebeneinander.

Schumacher schwieg.

»Jetzt reden Sie doch endlich!«, brüllte Daniel außer sich.

Schumacher räusperte sich und sagte schließlich mit belegter und kleinlauter Stimme: »Für Uwe Orthen.«

»Den Trainer der ersten Fußballmannschaft?«, vergewisserte sich Victoria, die die Wahrheit der Aussage anzweifelte.

Schumacher nickte und fuhr sich mit der Hand über die schweißnasse Stirn.

»Was wollte er damit?«

»Ich weiß es nicht genau. Er hat ein Faible für junge Mädchen. Seine Frau ...« Schumacher brach ab und vergrub das Gesicht in seinen Händen. Seine lichten dunkelblonden Haare standen in alle Richtungen ab. In der Mitte des Kopfes hatte sich eine Strähne senkrecht nach oben erhoben.

»Wer wusste von der Existenz der Fotos?«

»Manuel Pfeiffer sind zufällig einmal einige Aufnahmen in die Hände gefallen, als er den Schlüssel für den Sportplatz aus Orthens Sporttasche holen sollte. Das muss man sich vorstellen!«, empörte sich Schumacher. »Da holt Orthen vor dem Training die Fotos bei mir ab, steckt sie in seine Tasche und schickt, als er merkt, dass er den Schlüssel vergessen hat, den Jungen zurück in die Umkleidekabine, damit der den sucht.« Er ballte die Hand zur Faust und hämmerte sich damit mehrmals gegen die Stirn.

Michael Walter marschierte hinter der Glasscheibe auf und ab, die Arme hinter dem Rücken verschränkt. Bisher hatten sie noch nichts gegen den Verdächtigen in der Hand außer ein paar lächerlichen Fotos.

»Wie hat Manuel Pfeiffer reagiert? Hat er Orthen mit seinem Wissen konfrontiert?«, hakte Victoria nach und hatte das Gefühl, Schumacher jede Information einzeln aus der Nase ziehen zu müssen. Sie griff danach wie nach einem Wurm, der langsam aus der feuchten Erde kroch. Sie zog und zog daran, aber der Wurm saugte sich immer wieder fest, und der lange geringelte Körper schien kein Ende zu nehmen.

»Jetzt sagen Sie uns, was Sie wissen!«, forderte Daniel forsch. Er streckte die Arme nach hinten und stützte sich mit den Händen auf der Fensterbank ab, den Blick starr auf den Verdächtigen gerichtet.

»Manuel Pfeiffer hat natürlich getobt. Sein Trainer guckt sich seine Freundin nackt beim Duschen an! Er hat von Orthen die sofortige Herausgabe aller Fotos verlangt. Aber der ist darauf nicht eingegangen. Da ist Pfeiffer eine Sicherung durchgebrannt, und er hat ihn zusammengeschlagen. Pfeiffer wollte zur Polizei gehen und seinen Trainer anzeigen, aber der hätte ihn dann auch angezeigt wegen gefährlicher Körperverletzung. Damit wäre Manuel Pfeiffers Fußballerkarriere beendet gewesen, bevor sie richtig begonnen hatte. Schließlich haben die zwei sich darauf geeignet, jeweils auf eine Anzeige zu verzichten, und Orthen hat Pfeiffer versprochen, ihn zum Star der Mannschaft zu machen. Pfeiffer hat sogar einen eigenen Torwarttrainer bekommen, der schon für die erste Mannschaft der TuS Koblenz gearbeitet hat. Einen Torwarttrainer – das hat es in Malberg noch nie gegeben. Orthen hat sein Versprechen erfüllt, und Pfeiffer hat die Klappe gehalten. Orthen hat, um von sich abzulenken, irgendwann angefangen, das Gerücht zu verbreiten, dass ich die Umkleidekabine der Mädchen überwachen würde. Mir ist die Sache dann zu heiß geworden, und ich habe die Geräte demontiert. Außerdem haben sich, als das Gerücht die Runde gemacht hat, die Mädchen nur noch oben in der Behindertentoilette umgezogen.«

»Warum haben Sie überhaupt bei dieser Aktion mitgemacht? Was hat Orthen Ihnen geboten?« Daniel setzte sich neben Victoria.

»Nun ja, er wusste, dass ich die nötige technische Ausrüstung besitze, und er hat mir Geld geboten.«

»Wie viel?«

»Zehntausend Euro.«

Die Tür ging auf, und Martin Kleinschmidt trat ein. Er hielt ein Blatt Papier in der Hand, das in der Mitte gefaltet war. Mit Daumen und Zeigefinger die Knickfalte glatt streichend, sagte er: »Victoria, kann ich dich kurz draußen sprechen?«

Victoria erhob sich und ließ Daniel allein mit Schumacher zurück. Michael Walter ging zu Roland Weigel, um ihm die neuesten Erkenntnisse mitzuteilen. Martin berichtete Victoria, dass die Polizei NRW Zeugen ausfindig gemacht hatte, die aussagten, Frederik Schumacher am Wochenende – und zwar sowohl am Samstag als auch am Sonntag – am Biggesee gesehen zu haben. Besonders sein kläffender Terrier war einigen Spaziergängern aufgefallen. »Für ihn bekommen wir keinen Haftbefehl vom Staatsanwalt«, schloss Martin.

Victoria kämmte sich mit den Fingern ihre Locken, bog den Rücken durch und schaute durch die verspiegelte Scheibe. Der stiernackige, kräftige Schumacher saß zusammengesunken auf seinem Stuhl und bedeckte das Gesicht mit seinen Handflächen.

»Er hat die Morde nicht begangen. Er kann nach Hause.« Victoria hielt sich die Hand vor den Mund und knabberte an ihrem Zeigefinger. Sie versuchte, die Emotionalität in ihrer Stimme zu verbergen, und sagte tonlos: »Fahr mit Walter zu Uwe Orthen. Er wird verdächtigt, Pia Becker und Manuel Pfeiffer ermordet zu haben.«

Michael Walter und Martin Kleinschmidt trafen Uwe Orthen an diesem Donnerstagvormittag nicht zu Hause in Malberg an, da er neben seiner Trainertätigkeit in einer Schlosserei im Industriegebiet in Weitefeld arbeitete. Von Malberg aus fuhren sie über Rosenheim und Elkenroth nach Weitefeld. Obwohl es kurz vor Mittag war und an der Sieg verbreitet die Sonne schien, lag der Elkenrother Weiher noch unter dichtem Nebel. Die dicke Eisschicht, die sich im Laufe der Wintermonate darauf gebildet hatte, löste sich allmählich auf und sank in sich zusammen. Bald würden neue Fische in das Gewässer eingesetzt werden, Sportangler würden den Weiher wieder bevölkern, und es würden Grillfeste und Schwimmtage ausgerichtet werden.

Das Industriegebiet lag zwischen Weitefeld, Langenbach bei Kirburg und Friedewald, südöstlich von Weitefeld. Eine breit ausgebaute Straße führte direkt zur Schlosserei. Walter stellte den Audi vor einem dicken Stahltor ab, und sie marschierten Richtung Eingang. Der Lärm der Maschinen dröhnte, in der Halle hatte sich der Geruch vom Schweißen angestaut. Männer liefen umher, sie trugen alle einen Gehörschutz. Ein Gabelstapler lud Bleche auf. Aufgeschreckt durch das Öffnen der schweren Eisentür, die in den Angeln quietschte, kam der Vorarbeiter herangeeilt. Er trug einen grauen Arbeitsmantel, in dessen rechter Tasche ein tragbares Telefon steckte. Obwohl er geschäftig tat, konnte er die Beamten nicht über den Eindruck hinwegtäuschen, dass er die meiste Zeit heute mit Telefonieren, Kaffeepause und Internetsurfen verbracht hatte.

Kriminalhauptkommissar Michael Walter stellte sich und seinen Kollegen vor und bat, Uwe Orthen sprechen zu dürfen. Der Vorarbeiter verabschiedete sich mit einem

»Moment, bitte« und eilte in den hinteren Teil der Halle. Mit einem Plastikbecher in der Hand, aus dem heißer Dampf in die Luft stieg, schlurfte Orthen heran. Er trug Sicherheitsschuhe, eine blaue Arbeitshose, eine ebensolche Arbeitsjacke und darunter ein grau-rot kariertes Hemd.

»Guten Morgen. Kriminalhauptkommissar Michael Walter vom K11 in Koblenz.« Er zeigte seine Dienstmarke und reichte Orthen flüchtig die Hand. »Das ist mein Kollege, Kriminaloberkommissar Martin Kleinschmidt vom K1 in Betzdorf.«

Der Vorarbeiter näherte sich bis auf wenige Schritte an Orthen an. Anscheinend hatte er mehr Interesse an dem Inhalt des nun folgenden Gesprächs als an seiner Arbeit.

»Guten Morgen.« Orthen pustete in seinen Becher. Etwas Kaffee schwappte auf den Betonboden.

Michael Walter blickte an Orthen vorbei und sagte energisch zum Vorarbeiter: »Können Sie uns bitte allein lassen?«

Dieser hob entschuldigend die Hände, drehte sich um und ging. Inzwischen waren auch einige der anderen Arbeiter auf die Situation aufmerksam geworden, hatten zum Teil ihre Maschinen ab- und das Arbeiten eingestellt und versuchten, einige Gesprächsfetzen zu erhaschen.

»Wir müssen Sie bitten, uns zur Polizeiinspektion zu begleiten.«

»Warum?« Orthen wirkte erstaunt.

»Sie stehen unter Verdacht, Pia Becker und Manuel Pfeiffer ermordet zu haben.«

»Wie bitte?« Orthen nahm einen kräftigen Schluck Kaffee, bevor Martin ihn bat, diesen abzustellen. Da er sich widerstandslos abführen ließ, verzichteten die Beamten darauf, ihm Handschellen anzulegen. Seine Arbeitskollegen starrten ihm fassungslos nach.

Aufgrund ihrer persönlichen Bekanntschaft mit Uwe Orthen untersagte Hauptkommissar Michael Walter Victoria Fischer, an der Vernehmung des Tatverdächtigen teilzunehmen. Daniel Peters und Martin Kleinschmidt übernahmen es, Uwe Orthen mit Frederik Schumachers Aussagen zu konfrontieren. Victoria tigerte währenddessen unaufhörlich vor der verspiegelten Scheibe hin und her.

Die Dame von der Wettervorhersage hatte recht behalten: Die Schönwetterfront war eingetroffen, und die Sonne strahlte hell vom blauen Himmel, an dem kein einziges Wölkchen zu sehen war. Auf der Friedrichstraße hupten die Autos einen Lastwagenfahrer an, der nicht rechtzeitig auf die rechte Fahrspur im Tunnel gewechselt war und sich nun trotz des Staus vorzudrängeln versuchte.

»Frederik Schumacher ist ein Lügner! Ein mieser, verdammter Lügner!«, entrüstete sich Orthen und fuchtelte mit den Händen wild durch die Luft. »Dieser Mistkerl! Wenn ich den in die Finger bekomme!«, schimpfte und drohte er weiter.

Martin musste ihn bitten, sich zu mäßigen.

»Ich habe mit diesen Fotos nichts zu tun«, sagte Orthen. »Ich habe irgendwann das Gerücht gehört, dass es solche Aufnahmen geben soll.«

»Sie sollen das Gerücht in die Welt gesetzt haben«, provozierte ihn Daniel.

Uwe Orthen sprang auf und stieß absichtlich gegen den Tisch, woraufhin dieser einen halben Meter nach rechts rutschte. Victoria hatte ihn noch nie so erlebt. Er galt als besonnen und in sich ruhend. Doch oft zeigte sich erst in Ausnahmesituationen das wahre Gesicht eines Menschen.

Martin ging auf ihn zu, damit er sich wieder hinsetzte. Orthen rempelte ihn an und schrie: »Ich habe Pia und Manuel nicht umgebracht!«

Victoria wollte gerade in das Vernehmungszimmer stürmen, als Daniel hinter Orthen angelangt war, seine Schultern kräftig umklammerte und ihn mit einer festen Bewegung zurück auf seinen Stuhl drückte.

»Sie mäßigen sich jetzt, oder wir legen Ihnen Handschellen an«, sagte Daniel und rückte den Tisch in seine Ausgangsposition.

»Wo waren Sie in der Nacht von Samstag auf Sonntag?«, fragte Martin, und die beiden Kripobeamten nahmen wieder Orthen gegenüber Platz.

»Ich war den ganzen Samstag in Siegen bei einer Trainerfortbildung. Gegen neunzehn Uhr war das Seminar zu Ende. Ich bin dann nach Betzdorf in die Pizzeria Bella Napoli gefahren. Als ich gegen einundzwanzig Uhr nach Hause kam, war meine Frau nicht da. Sie wollte sich mit ihren Freundinnen nach dem Karnevalsumzug bei einer von ihnen zu Hause treffen, um dort den Abend ausklingen zu lassen. Ich habe mich ins Bett gelegt. Meine Frau ist gegen fünf Uhr gekommen.«

Martin Kleinschmidt verließ den Vernehmungsraum, um mit Monika Orthen zu telefonieren. Fünf Minuten später kam er zurück. Sie hatte die Angaben ihres Mannes bestätigt.

Daniel klatschte mit beiden Handflächen auf den Tisch. »Ihnen ist klar, dass Sie somit kein Alibi für die Todeszeitpunkte von Pia Becker und Manuel Pfeiffer haben.«

Orthen nickte schwach. »Aber ich habe sie nicht umgebracht. Warum hätte ich das tun sollen?«

»Sagen Sie es uns!«, befahl Daniel.

Uwe Orthen schluchzte auf. »Ich war es nicht. Manuel war wie ein Sohn für mich!«

»Vielleicht hat Manuel Pfeiffer Pia Becker von den Fotos erzählt. Beide haben Ihnen gedroht, Sie deswegen anzuzeigen. Sie hatten Angst um Ihren Trainerposten, um Ihren Ruf und haben beide aus dem Verkehr gezogen.«

»Das ist nicht wahr.« Uwe Orthens Kopf wankte hin und her. Sein Körper wurde von einem heftigen Zittern geschüttelt. Er riss die Augen weit auf und verdrehte seine Pupillen. Mit der rechten Hand griff er nach der Tischplatte und klammerte sich an ihr fest. Als er das Bewusstsein verlor, fiel er wie ein Kartenhaus in sich zusammen und glitt langsam vom Stuhl. Daniel rannte zu ihm, legte ihn auf den Rücken und hob seine Beine auf die Sitzfläche des Stuhls. Da er das Bewusstsein nicht wiedererlangte, rief Daniel den

Krankenwagen, der aus Kirchen kam. Der Notarzt verabreichte Uwe Orthen eine Infusion, und er wurde ins Krankenhaus gebracht.

Kriminalinspektionsleiter Roland Weigel beantragte beim Staatsanwalt in Koblenz einen Durchsuchungsbeschluss für das Haus von Uwe Orthen. Der zuständige Richter erteilte diesen sofort in mündlicher Form, da Verdunklungsgefahr bestand. Denn sollte sich der Verdacht des Mordes gegen ihn nicht erhärten, würde er möglicherweise noch am Nachmittag nach Hause zurückkehren und könnte dort wichtige Beweismittel vernichten, die es jetzt zu finden galt. Ein Dutzend Kripo- und Streifenbeamte machte sich auf die Suche nach weiteren Fotos, die in der Umkleidekabine aufgenommen worden waren, sowie nach Beweismitteln, die Uwe Orthen als Mörder überführen konnten.

Am frühen Nachmittag fanden sich Victoria Fischer, Martin Kleinschmidt, Daniel Peters, Michael Walter und Roland Weigel zu einer Konferenz im Besprechungszimmer ein, die der Kriminalinspektionsleiter anberaumt hatte.

»Meine Damen und Herren, ich nehme an, Sie wissen, dass wir uns auf sehr dünnem Eis bewegen«, begann Michael Walter. Aus dem Kompetenzgerangel mit Roland Weigel war er anscheinend als Sieger hervorgegangen, denn er riss die Leitung der Besprechung an sich, während Weigel stumm in seinen Akten blätterte und nur als Zuhörer fungierte. »Die Beweislage ist nicht gerade berauschend. Wir müssen hoffen, dass bei der Durchsuchung von Orthens Anwesen mindestens weitere Fotos der Mädchen der Funkenmariechen gefunden werden. Damit wäre zumindest einmal bewiesen, dass Orthen in Bezug auf diese Strafsache lügt. Vielleicht können wir so einen Haftbefehl beim Richter erwirken, denn wenn er schon wegen der Fotos lügt, liegt es nahe, dass er es auch in Bezug auf die Mordfälle tut.«

Ein lautes Knurren drang in die Runde. Es kam aus dem Magen von Daniel, der – ähnlich wie die anderen – seit dem

Frühstück nichts mehr gegessen hatte. Victoria und Martin schmunzelten, Weigel wirkte teilnahmslos, und Walter legte die Stirn in Falten.

»Fehlt uns nur noch das Motiv«, fügte Daniel an, rieb sich den Bauch und trank einen Schluck Wasser, in der Hoffnung, dass sein Magen zumindest für eine Weile damit beschäftigt sein würde.

»Vielleicht war der eigene Torwarttrainer Manuel Pfeiffer nicht genug. Wir müssen davon ausgehen, dass er Pia Becker in die Geschichte mit den Fotos eingeweiht hat. Immerhin war sie seine Freundin.« Martin kritzelte auf seinen Block.

»Genau. Dann haben die beiden gemeinsam Uwe Orthen erpresst, und irgendwann konnte oder wollte dieser nicht mehr und hat Pia und Manuel aus dem Weg geschafft«, trug Victoria eifrig ihre Mutmaßungen vor. Sie hoffte, der Lösung des Falles endlich auf die Spur zu kommen.

Während er einige Fusseln von seiner Anzugjacke klaubte, sagte Michael Walter: »Frau Fischer, das ist alles sehr vage. Wir haben keinerlei Beweise.«

Die Sonne schien Victoria mitten ins Gesicht. Sie musste die Augen zusammenkneifen, um Weigel und Walter sehen zu können, die ihr gegenübersaßen. Endlich erwachte der Kriminalinspektionsleiter aus seiner Starre und fragte: »Wie wollen wir weiter vorgehen?«

Victoria ärgerte sich darüber, dass er das Wort »wir« benutzte, obwohl er bisher noch nichts Konstruktives zu den Fällen beigetragen hatte. Plötzlich machten sie seine Antriebslosigkeit und die Gleichgültigkeit, mit der er den Morden begegnete, rasend. Victoria wollte ihn anblaffen, doch das Letzte, was sie jetzt gebrauchen konnte, war eine Abmahnung. Sie schluckte, atmete tief ein und aus, bevor sie sagte: »Daniel und ich statten den Mädchen der Funkenmariechen einen Besuch ab. Uns wurde mitgeteilt, dass es auch dort nicht sehr kollegial zugeht.« Während sie den letzten Teil des Satzes aussprach, zitterte ihre Stimme leicht vor Unmut, und sie hoffte, dass Roland die Spitze gegen ihn verstanden hatte.

Martin Kleinschmidt fügte noch hinzu: »Ich habe eben mit dem Krankenhaus telefoniert. Uwe Orthen befindet sich nach seinem Zusammenbruch in einer schlechten psychischen Verfassung und muss über Nacht im Krankenhaus bleiben.«

»Klasse.« Walter klatschte in die Hände. »Das hat uns gerade noch gefehlt. Nachher will der uns noch unlautere Verhörmethoden anhängen.« Er erhob sich und machte eine wegwerfende Handbewegung, die demonstrieren sollte, dass die Konferenz beendet sei. In diesem Moment klingelte das Telefon im Besprechungszimmer. Roland Weigel erhob sich schwerfällig, ging zur Fensterbank, wo das Telefon stand, und nahm den Hörer ab. Walter zögerte einen Moment und setzte sich schließlich wieder auf seinen Platz, als könne er sonst eine wichtige Neuigkeit verpassen.

»Ja … Okay … Wo? Auf dem Festplatz … Alles klar … Ja … Kein Problem … Wir kommen …«, waren Weigels fragmentarische Antworten. Die Hand, die den Telefonhörer hielt, zitterte, als er ihn auf die Gabel legte. Er wischte sich den Schweiß von der Stirn und sagte betroffen: »Wir haben noch eine Leiche. Frank Müller, der erste Vorsitzende der Karnevalsfreunde, liegt tot im Sportheim auf dem Festplatz in Malberg.« Er wankte zu seinem Stuhl, stützte sich an der Lehne ab und ließ sich auf die Sitzfläche fallen. Sein Gesicht war kreidebleich, er atmete schwer.

Victoria erhob sich als Erste und verschwand mit einem »Komm, Daniel!« durch die Tür.

Wie lange noch sollte dieses Morden weitergehen? Wie viele Menschen mussten noch sterben? Wann würden sie endlich eine heiße Spur zu dem Mörder finden? Victoria stand vor dem Tresen im Sportheim. Durch die Eingangstür, die sich oberhalb des Sportplatzes befand, gelangte man in den einzigen Raum, aus dem das Sportheim bestand. Von dort aus führte nur eine Tür zu den Toiletten. Unter dem Dach gab es einen kleinen Verschlag, in dem sämtliche

Sportgeräte aufbewahrt wurden. Das Sportheim konnte von den Malberger Vereinen für vereinsinterne Feiern und Veranstaltungen gemietet werden. Hier stießen Fußballspieler und Zuschauer auf gewonnene und manchmal auch auf verlorene Spiele an. In der Mitte des Raumes war eine lange Tischreihe aufgebaut. An den holzvertäfelten Wänden hingen Fotos aus heutigen und längst vergangenen Tagen. Sie alle zeigten die bedeutendsten Sternstunden des Malberger Sports. In hohen Vitrinen reihten sich Medaillen und Pokale eng aneinander. Die Tür nach draußen stand offen. Florian Schuster fotografierte jedes Detail des Raumes ab. Die übrigen Mitarbeiter der Spurensicherung suchten in ihren Ganzkörperanzügen den Raum auf verwertbare Spuren ab. Das Schloss des Sportheims war aufgebrochen worden.

Victoria schossen Bilder des Toten, nein, des lebenden Frank Müller durch den Kopf. Frank Müller. Der Frank Müller, der zusammen mit ihr die Grundschule besucht hatte. Zwei Klassen war er über ihr gewesen. Der Sonnyboy, in den nahezu alle Malberger Mädchen verschossen gewesen waren. Der Frauenheld, dessen Avancen selten ein weibliches Wesen hatte widerstehen können. Vor zwei Jahren war er dann sesshaft geworden, hatte seine Nadine geehelicht und im vergangenen Jahr einen Sohn bekommen. Der engagierte und ehrgeizige Frank Müller, der sich um jeden kümmerte und seit einiger Zeit den Karnevalsfreunden vorstand. Dieser Frank Müller lag nun in einen blauen Plastiksack gehüllt auf dem Boden des Malberger Sportheims. Er war vollständig bekleidet, sein Körper wies keinerlei Gewalteinwirkung auf. Ein Mitarbeiter einer Reinigungsfirma hatte in der Vinzenz-Pallotti-Grundschule Malberg, die sich dem Sportheim gegenüber befand, putzen wollen. Als er sein Auto auf dem Festplatz abstellte, fiel ihm die sperrangelweit geöffnete Tür des weißen Gebäudes auf. Er betrat den Raum, um nachzusehen, was dort vor sich ging. Da sah er den blauen Plastiksack auf dem Boden liegen. Als er sich diesem näherte, erblickte er die menschliche Hand, die daraus hervorhing, und verständigte sofort die

Polizei. Die Tür war wahrscheinlich vom aufkommenden Wind aufgeschwungen. Keiner mochte sich vorstellen, was passiert wäre, wenn die Kinder der Grundschule die Leiche entdeckt hätten.

»Da die Leichenflecken hellrosa bis violett sind, liegt auch kein Erstickungstod vor. Demnach ist er höchstwahrscheinlich vergiftet worden. Der Tod ist vor circa sieben Stunden eingetreten«, resümierte Florian Schuster.

Die Männer des Beerdigungsinstitutes warteten bereits mit dem Blechsarg vor der Tür. Sie sollten den Toten in die Gerichtsmedizin nach Mainz überstellen.

»Blau, Rot, Blau«, murmelte Victoria gedankenversunken vor sich hin.

Daniel beendete gerade sein Gespräch mit dem Notarzt, der die vorläufige Todesbescheinigung ausgestellt hatte, und näherte sich Victoria.

Die nuschelte weiter: »Die Malberger Vereinsfarben. Er stellt die Malberger Vereinsfarben dar.«

»Was?«, fragte Daniel, der neben sie trat und das Gemurmel nicht verstanden hatte.

Victoria räusperte sich und wiederholte mit belegter Stimme: »Blau, Rot, Blau. Das blaue Bettlaken, auf dem Pia Becker lag. Dann die rote Armbinde, die Manuel Pfeiffer um seinen Arm trug. Und jetzt der blaue Plastiksack, in den Frank Müller gelegt wurde. Der Täter bildet die Malberger Vereinsfarben nach.«

»Demnach fehlt ja mindestens noch einmal die Farbe Rot.« Daniel legte ihr eine Hand auf die Schulter. Sie war um die Nase herum blass geworden.

»Er hat sein Werk also noch nicht vollendet.« Sie stemmte die Hände in die Hüften und sah auf den toten Frank Müller, der von den Bestattern in den Sarg gelegt wurde. »Oh mein Gott.« Victoria hielt sich die Hand vor den Mund, quetschte ein »Mir wird übel« durch ihre zusammengepressten Finger und lief nach draußen.

Mit der rechten Hand stützte sie sich an den rauen, kalten Putz, mit dem die Außenfassade des Gebäudes überzogen war. Die kantige, scharfe Oberfläche schnitt in ihre Handfläche. Sie hatte das Gefühl, sich jeden Moment übergeben zu müssen. Der Schmerz in der Hand tat ihr gut, er ließ sie die Übelkeit ein wenig vergessen. Sie konnte nicht begreifen, dass schon wieder ein Mensch in Malberg auf grausame Weise aus dem Leben gerissen worden war. Noch dazu der Vater eines kleinen Sohnes. Sie mussten den Mörder endlich finden. Wie viele Menschen sollten noch sterben? Wie viele Namen standen noch auf seiner Liste? Was hatten die Getöteten verbrochen, dass sie sterben mussten? Welche Gemeinsamkeit hatten Pia Becker, Manuel Pfeiffer und Frank Müller, die sie zu Feinden des Täters gemacht hatte?

Daniel trat hinter sie und rieb ihr über den Rücken. Victorias Handy heulte mit dem Klingelton der Polizeisirene auf. Daniel zauberte es ein Lächeln auf seine Lippen. Dieser Klingelton war typisch für sie. Er umriss ihr ganzes Leben. Sie war doch für diesen Beruf geboren, ihr ganzes Leben drehte sich um die Polizei. Das hatte er im Verlauf der gemeinsamen Ermittlungen begriffen. Sie kramte das Handy aus ihrer schwarzen Handtasche. Die Nummer kannte sie nicht. Sie drückte die grüne Taste und meldete sich mit fester Stimme: »Fischer!«

Was Victoria in den folgenden zwei Minuten hören musste, ließ ihr den Kiefer nach unten klappen. Sie glaubte, das Blut gefriere in ihren Adern. Augenblicklich kehrte die Übelkeit zurück, heftiger und ungestümer als zuvor. Es war wie ein direkter Schlag in die Magengrube. Nein, das konnte nicht wahr sein! Das Atmen fiel ihr schwer, sie rang nach Luft. Ihre Lungen pfiffen. Als sie auflegte, zitterten ihre Beine, und sie befürchtete, sie würden jede Sekunde unter ihr nachgeben. An die Hauswand gestützt, ging sie an dieser entlang zu der Eisentreppe an der Rückseite des Gebäudes, hielt sich mit zitternden Fingern am Geländer fest und ließ sich auf eine Stufe sinken. Sie war kalt. Die Rillen des Gitters, aus dem die Stufen bestanden, schmerzten unter ihrem Hintern. Obwohl die Sonne ihre hellsten Strahlen schickte, wehte ein eisiger Wind.

Daniel stellte sich vor sie und schaute Victoria von oben an. »Was ist passiert?«, fragte er in mitfühlendem Ton.

»Das war die Mutter von Hannes Becher.« Victoria verstummte.

»Was ist passiert?«, wiederholte Daniel und hatte das Gefühl, seine Kollegin schütteln zu müssen, damit sie endlich mit der Sprache herausrückte. Vielleicht vertrödelten sie gerade wertvolle Minuten. »Victoria«, forderte Daniel nachdrücklich, doch auch darauf reagierte sie nicht. Sekunden vergingen, Daniel kam es wie Stunden vor. Er wurde immer nervöser. Mit den Fingerkuppen begann er, einen Rhythmus auf das Geländer zu trommeln. Schließlich hob Victoria den Kopf und sah ihn aus angsterfüllten Augen an. »Sie hat blutverschmierte Kleidung in ihrem Schuppen gefunden.«

Oberkommissar Daniel Peters organisierte das weitere Vorgehen: Er wies Florian Schuster und weitere Mitarbeiter der Spurensicherung an, Victoria und ihn in die Hachenburger Straße zu begleiten. Dann orderte er bei den uniformierten Kollegen der Schutzpolizei in Betzdorf und Hachenburg Verstärkung. Victoria hatte unterdessen bereits im Toyota auf dem Beifahrersitz Platz genommen, unfähig, einen klaren Gedanken zu fassen. In ihrem Kopf pochte nur immer wieder dieselbe bohrende Frage: Hatte sie sich so in Hannes Becher getäuscht?

Bis zu seinem Wohnhaus war es nur ein Katzensprung. Der Festplatz mündete in die Schulstraße, an deren einem Ende die Hachenburger Straße kreuzte. Auf der Fahrt telefonierte Daniel mit Michael Walter, um ihm von dem Fund zu berichten. Der wiederum wollte Roland Weigel über die Neuigkeiten unterrichten. Michael Walter teilte Daniel mit, dass die Hausdurchsuchung bei Uwe Orthen erfolglos geblieben sei. Noch nicht einmal Fotos der Mädchen der Funkenmariechen konnten sichergestellt werden.

Als sie auf das Grundstück der Bechers einbogen, trafen auch die ersten Streifenwagen aus Hachenburg mit Blaulicht und Martinshorn ein. Margret Becher wartete an der Haustür auf die Beamten. Victoria stieg aus. Sie war nur noch ein Schatten ihrer selbst. Daniel hätte sie gern von dem Fall abgezogen und sie von den uniformierten Beamten zurück nach Betzdorf in die Polizeiinspektion bringen lassen, wusste aber, dass er erstens damit seinen Kompetenzbereich überschreiten und zweitens Victoria sich das niemals gefallen lassen würde.

Ohne ein Wort der Begrüßung deutete Margret Becher mit der Hand hinter das Haus. »Da hinten im Schuppen. Unter der Werkzeugbank.« Sie vermied zu beschreiben, was sie dort gefunden hatte. Zu ungeheuerlich war ihr die Entdeckung. Sie hatte geweint, ihre Augen waren rot und geschwollen.

Florian Schuster lief vor. Die Schutzpolizisten begannen damit, das Grundstück weiträumig vor Schaulustigen und Unbefugten abzusperren.

»Wo ist Ihr Sohn?«, fragte Daniel scharf.

»In seinem Zimmer. Alina ist auch da. Ich habe ihm nicht gesagt, dass ich etwas gefunden habe. Ich hatte Angst, dass er dann Blödsinn verzapft, sich auf die Flucht macht oder schlimmer noch, sich etwas antut …« Sie brach ab. Ihre Augen füllten sich mit Tränen, die ihr in Strömen über die Wangen rannen.

Aufgeschreckt durch die Polizeisirenen und die fremden Stimmen, öffnete Hannes die Haustür und trat hinter seine Mutter. Alina Schulze folgte ihm. »Was ist hier los?« Hannes' Stimme klang gleichgültig. Er schaute seine Mutter an, doch die antwortete nicht.

»Mama!«, drängte er, doch Margret Becher schluchzte untröstlich weiter.

»Können wir bitte ins Haus gehen?«, sagte Daniel kühl und distanziert, als er mit einer Handbewegung den Weg andeutete.

Alina marschierte voran, dahinter Margret Becher, ihr

Sohn, Victoria und Daniel. Als sie um den Küchentisch saßen, wandte sich Daniel an Hannes. »Ihre Mutter hat uns angerufen, dass sie blutverschmierte Kleidung in Ihrem Schuppen gefunden hat.«

»Was?« Hannes wirkte erstaunt. »Warum hast du mir davon nichts erzählt?« Er griff nach der Hand seiner Mutter und hielt sie umschlungen.

»Hannes, ich dachte … Ich dachte … Hast du nichts damit zu tun?«, stotterte Margret Becher.

»Nein!«, wies Hannes entschieden zurück. »Mama! Was denkst du von mir?« Er zog die Hand seiner Mutter an seine Brust. In seinem Gesicht zeigte sich Empörung über die ungeheuerliche Vermutung seiner Mutter, aber sie erreichte seine Augen nicht, die ein nervöses Zucken umspielte. Daniel war überzeugt, dass er nicht die Wahrheit sagte.

»Wem gehört die Kleidung? Wie kommt sie hierher? Haben Sie davon gewusst?«, ließ Daniel einen Fragenregen auf Hannes niederprasseln.

Victoria saß stumm da und starrte die Tischplatte an.

»Kleidung … Hier … Ich weiß nicht … Ich hab nichts damit zu tun.« Hannes gab sich überrascht und unsicher, doch Daniel verspürte das sichere Gefühl, dass seine Bestürzung und Überrumpelung nur gespielt waren, eine billige Nummer in einer schlechten Show für die Beamten.

Florian Schuster trat in die Küche und informierte die Beamten darüber, dass es sich bei der Kleidung zweifelsfrei um das blau-rote Tanzkostüm der toten Pia Becker handle, das diese in der Mordnacht getragen hatte. Es wies zahlreiche Löcher auf, verursacht durch das Messer, das sich durch die Kleidung hindurch in Pias Körper gebohrt hatte. Neben dem Kostüm lagen die Strumpfhose, Pias Tanzschuhe, ein T-Shirt sowie Slip, BH und ihre rote Handtasche mit einigen Euromünzen und Ausweispapieren. Jedes einzelne Kleidungsstück war blutgetränkt, das Blut längst verkrustet und eingetrocknet.

»Herr Becher, ich verhafte Sie wegen des dringenden Tatverdachts, Pia Becker und Manuel Pfeiffer ermordet zu haben.« Daniel erhob sich und schritt auf Hannes Becher zu. Aus strategischen Gründen vermied er es, in der Aufzählung den Namen Frank Müller anzuführen, da bisher nur die Reinigungskraft der Grundschule, die Beamten und der Täter selbst vom Tod des Vorsitzenden der Karnevalsfreunde wissen konnten. Hannes sollte in der Kriminalinspektion mit dem dritten Mord konfrontiert werden. Aus seiner Reaktion konnten eventuell Rückschlüsse auf seine Verstrickung in die Mordfälle gezogen werden. Mit der unerfüllten Liebe und seiner Eifersucht hatte Hannes zwar ein starkes Motiv für Pias und Manuels Ermordung, da aber davon auszugehen war, dass alle drei Morde von demselben Täter begangen worden waren, mussten die Beamten noch ein Motiv aufspüren, das dafür sprach, dass Hannes auch Frank Müller getötet hatte.

»Aber warum? Hannes ist unschuldig!«, schrie Alina, sprang auf und klammerte sich an Hannes' Rücken fest. Der stand ebenfalls auf und wollte sich aus Alinas Griff lösen, doch es gelang ihm nicht. Alina fing an zu weinen und benetzte mit ihren Tränen seinen Pullover. Margret Becher reagierte nicht. Sie hing auf ihrem Stuhl wie ein Schluck Wasser in der Kurve und presste sich ein zusammengeknülltes Papiertaschentuch vor den Mund. Die Welt um sich herum schien sie nicht mehr wahrzunehmen.

»Kommen Sie bitte mit.« Daniel packte Hannes am Oberarm und wollte ihn aus der Küche schieben. Doch der bewegte sich nicht vom Fleck.

»Hannes, hör auf meinen Kollegen«, bat Victoria, die ihre Schockstarre allmählich überwand und zur Tür vorausging.

»Nein, nein! Ich lass mir von euch nicht auch noch Hannes wegnehmen«, klagte Alina und stieß tiefe Seufzer aus. Mit aller Kraft drückte sie sich gegen Hannes' Körper, ihre Finger in seine Schultern gepresst.

»Alina, lass ihn los.« Victoria versuchte, Alinas Hände von Hannes zu lösen. Sie griff nach ihren Fingern und drückte sie einzeln aus Hannes' Schulter heraus. Alina spannte ihre Finger so stark an, dass Victoria glaubte, Alinas Knochen müssten jeden Moment vor Verkrampfung zerspringen. Als Alina merkte, dass sie chancenlos gegenüber Victorias auf der Polizeischule erlerntem Griff war, ließ sie wimmernd und weinend von Hannes ab und sank in Victorias Armen zusammen. Mit Mühe konnte die Oberkommissarin sie festhalten und verhindern, dass sie zu Boden rutschte.

Während Hannes von Daniel nach draußen zu den uniformierten Polizisten geführt wurde, die ihn zur Vernehmung in die Kriminalinspektion Betzdorf bringen sollten, erwachte Margret Becher aus ihrer Lähmung. Victoria setzte die schlaffe und scheinbar leere Körperhülle, die von Hannes' Freundin noch übrig geblieben war, auf einen der Stühle am Tisch. Daniel und sie warteten auf das Eintreffen des von Victoria angeforderten Notarztes aus Kirchen, damit er Alina etwas zur Beruhigung gab.

Während Hannes Becher in der Kriminalinspektion von Michael Walter und Martin Kleinschmidt vernommen wurde, machten sich Victoria und Daniel gemeinsam mit dem Notfallseelsorger auf den Weg, der Ehefrau des ermordeten Frank Müller die Todesnachricht zu überbringen.

Auch wenn sie immer noch nicht begreifen konnte, was in den letzten Stunden passiert war, gelang es Victoria mit festem Willen, in die professionelle Rolle der Oberkommissarin zurückzuschlüpfen. Sie wusste, sie brauchte einen klaren Kopf, um die Dinge miteinander kombinieren, alle Einzelheiten ordnen und verstehen zu können. Sie war voller Entschlossenheit, war es doch ihr einziges Ansinnen, den Mörder von Pia Becker, Manuel Pfeiffer und Frank Müller zu finden. In den vergangenen Tagen hatten so viele Menschen um sie herum geweint, waren verzweifelt zusammengebrochen, weil sie von der Ermordung eines geliebten Menschen erfahren mussten, und Victoria Fischer hätte nichts lieber getan, als mit ihnen zu weinen, mit ihnen zu trauern. Doch sie musste die Starke, die Rationale, die Überlegte bleiben, die kühl und unberührbar einen Dreifachmörder jagte. Sie konnte nicht glauben, dass Hannes Becher die Taten begangen hatte. Er galt zwar als verträumter Spinner, aber er war doch kein Mörder! Das spürte sie. Jetzt war es an ihr, seine Unschuld zu beweisen.

Nadine Müller wohnte in einem neu gebauten Einfamilienhaus in der Dorfwiese im Ortsteil Steineberg. Sie öffnete mit ihrem kleinen Sohn auf dem Arm, der an einem Schnuller nuckelte, und führte die um Einlass bittenden Beamten in ein geschmackvoll eingerichtetes Wohnzimmer. Dort stand eine geflochtene Eckcouch, auf der dicke schokobraune Sitzkissen lagen. Der Glastisch war Heimat für allerlei Spielzeug und Bücher über Babys geworden. Nadine legte ihren Sohn auf eine Krabbeldecke neben der Couch, wo er mit seinen Kuscheltieren spielte und vergnügte Quieklaute ausstieß. Victoria betrachtete ihn in seinen hellblauen Söckchen und dem Strampelanzug, auf dem ein lachendes Bärengesicht abgebildet war. Sein Vater würde für ihn immer nur eine blasse Vorstellung in seinem Kopf sein. Sie würde sich wie ein Puzzle aus Bildern und Erzählungen zusammensetzen, die er von seiner Mutter und seinen Großeltern zu hören bekam. Eine eigene Erinnerung an seinen Vater, an seine Stimme, sein Lachen, seine Gesten würde er nie haben.

Nadine, die ob des betretenen Schweigens der Beamten und des Seelsorgers mit dem Schlimmsten rechnete, wurde in ihrer schrecklichen Ahnung bestätigt. Ungewöhnlich gefasst reagierte sie auf den Tod ihres Mannes Frank Müller. Sie schaute zum Fenster hinaus und blickte starr in den Garten. Ab und an bewegten sich ihre Augenlider, wenn sie blinzelte. Mittlerweile ging die Sonne bereits unter, und der Himmel glühte in allen Tönen der Farbe Rot.

»Hatte Ihr Mann Feinde?«, fragte Daniel leise. Menschen, die mit ihrer Trauer im Inneren kämpften und sie nicht nach außen trugen, waren ihm unheimlich. Mit Menschen, die weinten, schluchzten, in seine Arme fielen, dort zusammenbrachen, vor Verzweiflung schrien, auf ihn losstürzten, weil sie ihn in der ersten Schocksekunde für den Tod ihres Angehörigen verantwortlich machten, konnte er umgehen. Das hatte er auf der Polizeischule gelernt. Aber Menschen, die stumm dasaßen, in deren Gesichtern sich weder Trauer noch Tränen zeigten, die die Fassade wahrten, ließen ihn regelrecht hilflos werden.

Nadine Müller schüttelte schwach den Kopf, ihr Blick war weiterhin starr aus dem Fenster gerichtet. Sie trug dunkelblaue Jeans, dazu einen eng anliegenden schwarzen Rollkragenpullover und darüber eine goldene Kette, an der ein Eulenanhänger baumelte. Sie stammte aus Kausen und hatte bis zur Geburt ihres Sohnes in derselben Firma wie ihr Mann gearbeitet, wo sie sich auch kennengelernt hatten.

»Ist Ihnen in der letzten Zeit etwas Ungewöhnliches an Ihrem Mann aufgefallen? Wurde er bedroht? Hatte er Angst? War er in seinem Verhalten verändert?« Victoria kannte Nadine nur flüchtig. Das einzige Mal, dass sich die beiden Frauen gegenübergestanden hatten, war, als Victoria Frank und Nadine nach deren kirchlicher Trauung in der Kirche in Malberg-Hommelsberg zur Hochzeit gratuliert hatte. Daher fand sie es angemessener, jetzt beim Sie zu bleiben.

Der Sohn zog die Aufmerksamkeit seiner Mutter auf sich, als er vor sich hin plapperte. Nadine nahm ihn auf ihren Schoß, wiegte ihn sanft hin und her und küsste seinen runden Kopf, auf dem ein dünner, weicher Haarflaum wuchs.

Ohne die Beamten anzusehen, antwortete sie mit einem schwachen »Nein«.

»Ist Ihnen sonst irgendetwas aufgefallen? Versuchen Sie sich bitte zu erinnern. Jedes noch so kleine Detail könnte wichtig sein«, forderte Daniel diesmal eindringlicher.

Nadine dachte nach. Die kleinen Fingerchen ihres Sohnes griffen nach dem schwarzen Rollkragenpullover und klammerten sich in den feinen Stoff. »Es war alles wie immer. Jetzt, während der Karnevalssession, hat Frank viel Zeit mit den anderen Vereinsmitgliedern verbracht. Er ist einmal die Woche zum Bau des Motivwagens für den

Umzug gegangen, hat die Vorbereitungen für die Karnevalssitzung begleitet, das Programm dafür erarbeitet, die Proben organisiert, beim Aufbau des Festzeltes geholfen und dem Training der Funkenmariechen und des Männercorps beigewohnt.« Nadine verstummte. Sie drückte ihren Sohn an sich. Hatte sie schon begriffen, dass er das Einzige war, in dem sich ihr Mann ein Leben lang widerspiegeln würde? Sie drehte den schlichten goldenen Ehering am rechten Ringfinger, als ihr eine Begebenheit einfiel: »Vorgestern war Hannes Becher bei uns. Er wollte Frank sprechen. Nachher hat Frank mir erzählt, dass Hannes in das Männercorps aufgenommen werden wollte. Aber mein Mann hat gesagt, dass er erstens zunächst ein Vortanzen bestehen muss und zweitens die Höchstgröße von ein Meter neunzig, die für die Männer gilt, mit seinen zwei Metern bei Weitem übertrifft. Frank hat ihm klargemacht, dass er für ihn doch niemals eine passende Tanzpartnerin finden würde.«

»Wie sind die beiden dann verblieben?«, erkundigte sich Victoria.

Mit leiser Stimme antwortete Nadine: »Frank wollte es sich überlegen, hat ihm aber nicht viel Hoffnung gemacht.«

»Warum wollte Hannes Becher in das Männercorps aufgenommen werden?«, bohrte Daniel weiter.

Victoria kaute auf der Unterlippe.

Nadine Müller schluckte schwer, bevor sie antwortete. Daniel glaubte, dass ihre Fassade bald bröckeln und sie in Tränen ausbrechen würde. »Um mehr Zeit mit seiner Freundin zu verbringen. Alina Schulze tanzt bei den Funkenmariechen.«

Die Beamten nickten wissend. Daniel war immer überzeugter, in Hannes den Mörder gefunden zu haben. Er musste nur noch seinem Motiv auf die Spur kommen. »Welches Verhältnis hat Ihr Mann zu den Mädchen der Funkenmariechen?« Daniel benutzte bewusst die Gegenwartsform, als er jetzt über Frank Müller sprach. Er wollte Nadine den Tod ihres Mannes nicht noch schmerzlicher bewusst machen.

»Er ist manchmal zu ihrem Training gegangen, um sich

zu vergewissern, dass der neue Tanz pünktlich zur Sessionseröffnung, die mit der Proklamation des neuen Regenten beginnt, fertig wird. Man hat sich natürlich gesehen, wenn man zu Auftritten zu befreundeten Karnevalsvereinen gefahren ist. Warum wollen Sie das wissen?« Nadine zog die Stirn kraus.

Ohne auf ihre Frage einzugehen, erkundigte sich Daniel, einer plötzlichen Eingebung folgend: »Und welches Verhältnis hatte Ihr Mann zu Alina Schulze?«

»Das gleiche wie zu den anderen Mädchen«, antwortete Nadine Müller knapp und setzte ihren Sohn, der mit seinen Ärmchen ruderte, wieder zurück auf seine Krabbeldecke.

»Wann hat Ihr Mann heute das Haus verlassen? Wo wollte er hin?«

»Gegen halb sieben ist er losgefahren. Er musste zur Arbeit.« Nadine wurde blass. Es konnte nur noch Sekunden dauern, bis die Trauer aus ihr herausbrach.

Victoria und Daniel erhoben sich und teilten Nadine im Hinausgehen mit, dass sie anrufen solle, falls ihr noch etwas einfalle. Während sie es sich nicht nehmen ließ, die Beamten zur Tür zu begleiten, und weiter die Fassung wahrte, blieb der Notfallseelsorger im Wohnzimmer zurück, um sich im Anschluss um Nadine zu kümmern und ihr bei der Bewältigung des Verlustes zu helfen. Da Müllers Auto seit dem Mord verschwunden war, leitete Daniel eine Fahndung nach dem schwarzen Opel Corsa ein.

»Was sollte die Frage nach Alina?« Victoria klang gereizt. Sie passierten gerade das Ortseingangsschild von Betzdorf. Victoria saß auf dem Beifahrersitz. Ihr war warm, denn Daniel hatte die Heizung auf die höchste Stufe gestellt. Sie drehte sie herunter, dann versuchte sie, sich unter dem Sicherheitsgurt aus ihrer Jacke zu schälen.

»Hannes Becher war bei Frank Müller, um in das Männercorps aufgenommen zu werden«, sagte er.

Victoria rollte mit den Augen. »Ich weiß.« Sie konnte es nicht leiden, wenn ihr neuer Kollege alle Aussagen ständig wiederholen musste, als wäre sie senil.

»Der hat sein Gesuch aber abgelehnt«, fasste Daniel die Erkenntnisse weiter ruhig zusammen.

»Worauf willst du hinaus? Behandel mich doch nicht wie eine verkalkte Alte. Ich war bei der Vernehmung eben dabei«, fuhr Victoria Daniel an, riss die Jacke hinter ihrem Rücken hervor und faltete sie auf ihrem Schoß.

Daniel drehte die Heizung wieder höher. Das Lenkrad fühlte sich noch immer eisig an. Durch seine Finger saugte sich die Kälte in seinen Körper und ergriff Besitz von ihm. »Hannes durfte nicht in das Männercorps, um mehr Zeit mit Alina zu verbringen, aber Frank Müller hat selbst den Mädchen ständig beim Training unter die Röcke geschaut.«

»Das hat seine Frau so nicht gesagt. Immer schön bei der Wahrheit bleiben, Herr Oberkommissar.« Eine Zornfalte hatte sich zwischen Victorias Augenbrauen gegraben. Sie schwenkte den ausgestreckten Zeigefinger bedrohlich in die Richtung ihres Kollegen.

»Aber gemeint«, erwiderte Daniel bissig.

»Woher willst du das wissen?«, schrie Victoria, schlug mit der Faust auf das Armaturenbrett, dass Daniel Angst bekam, der Airbag könnte jeden Moment herausspringen.

Die Ampel gegenüber der Post schaltete auf Rot. Zwei Spaziergänger, die zu abendlicher Stunde noch mit ihrem Hund vor die Tür mussten, passierten die grüne Fußgängerampel.

»Also, Hannes Becher darf nicht in das Männercorps. Frank Müller, der ihm das untersagt, verbringt selbst viel Zeit mit den Mädchen und somit auch mit Alina. Da ist in Bechers Gehirn – falls er so etwas überhaupt besitzt – eine Sicherung durchgebrannt, und er hat in seiner rasenden Eifersucht Frank Müller ermordet«, vervollständigte Daniel seine Theorie. Die Ampel schaltete auf Grün. Daniel würgte den Toyota ab. Er hatte den ersten mit dem dritten Gang verwechselt.

Victoria schüttelte den Kopf. »Hannes ist kein Mörder! Das glaube ich nicht! In einem rasenden Eifersuchtsanfall –

wie du sagst – hätte er Frank Müller eher erschlagen oder erstochen, aber doch nicht vergiftet.«

Martin Kleinschmidt empfing Daniel und Victoria auf dem Weg ins erste Obergeschoss im Treppenhaus, um ihnen zu berichten, dass Hannes Becher strikt die Aussage zu den Mordfällen Pia Becker und Manuel Pfeiffer verweigert habe. Über die Nachricht, dass ein weiterer Malberger Bürger zu Tode gekommen sei, habe er sich erstaunt gezeigt und vorgegeben, sich nicht vorstellen zu können, um wen es sich handele. Als Michael Walter ihm von der Ermordung Frank Müllers erzählt habe, sei er erschrocken zusammengefahren. Schließlich sei Hannes Bechers Anwalt eingetroffen, den seine Mutter nach Betzdorf bestellt habe. Auch er habe seinem Mandanten geraten, von seinem Aussageverweigerungsrecht Gebrauch zu machen. Hannes Becher sei daraufhin eine Zelle im Untergeschoss zugewiesen worden, endete Martin.

»Ich würde meine Hand dafür ins Feuer legen, dass Hannes Becher unschuldig ist.« Victoria ging in das Büro, das sie seit nunmehr vier Tagen mit Martin teilte. Er und Daniel folgten ihr. Sie warf ihre Jacke über die Rückenlehne des Schreibtischstuhls, drehte ihn um hundertachtzig Grad, sodass die Sitzfläche zu Martins Schreibtisch zeigte, auf dessen Kante Martin sich niedergelassen hatte.

»Dann viel Spaß im Krankenhaus bei der Hauttransplantation. Wir kommen dich besuchen.« Daniel lehnte sich mit dem Hintern an die Fensterbank. Martin grinste.

»Pipi … oh, Verzeihung … Walter«, begann Martin. Sofort stieg ihm die Schamesröte ins Gesicht, und er zupfte sich verlegen an seinen gegelten Haaren, da er Walter vor dessen Koblenzer Kollegen mit dem Spitznamen betitelt hatte, der nur für Victorias und seine eigenen Ohren bestimmt war.

Daniel brach in schallendes Gelächter aus und prustete: »Wie nennt ihr ihn? Pipi?« Er wischte sich mit dem Daumen Lachtränchen aus seinen Augen.

»Das … es … tut mir leid«, stotterte Martin vor sich hin. »Ich wollte nicht so … so …« Er rang nach Worten.

»Kein Problem. Ich weiß, dass er ein Ekelpaket sein kann. Aber er hat auch eine nette Seite«, versuchte Daniel, das Verhalten seines Kollegen zu rechtfertigen.

»Ich frag mich, wann und ob wir die kennenlernen.« Victoria schlug ihr Notizbuch auf, um noch einmal ihre Aufzeichnungen zu den Mordfällen durchzugehen.

»Aber wie kommt ihr denn auf ›Pipi‹?«, fragte Daniel, der sich gar nicht mehr beruhigen konnte. Er kramte ein Taschentuch aus seiner Jeans und schnäuzte hinein.

Martin erzählte ihm die Geschichte über Pipi und seinen Pipi-Kugelschreiber. Daniel konnte sich vor Lachen kaum mehr auf den Beinen halten.

»Übrigens«, setzte Martin erneut an, »Michael Walter hat einen Termin beim Haftrichter beantragt. Morgen früh fahrt ihr«, er wies auf Daniel, »mit Hannes Becher nach Koblenz. Walter ist froh, ich zitiere, diese ›Provinz und Bauerngegend‹ endlich verlassen zu können.« Martin malte mit Zeige- und Mittelfinger Anführungszeichen in die Luft, als müsse er das Zitat ordnungsgemäß belegen.

Ohne eine Anrede zu verwenden, polterte Michael Walter los: »Kleinschmidt, das habe ich gehört!« Der Kriminalhauptkommissar stand in der offenen Bürotür und funkelte Martin zornig an. Daniels Lachen verstummte, und er räusperte sich verlegen. Walter trug bereits seinen Mantel und hielt den Aktenkoffer in der Hand. Als er Victorias fragenden Blick bemerkte, erklärte er: »Ich mache mich jetzt auf den Weg in die Bürgergesellschaft. Der Mörder ist gefunden.« Er stellte den Koffer ab, verhakte die Finger ineinander und bog sie durch, dass die Knochen knackten. Victoria verzog angewidert das Gesicht. Walter griff wieder nach dem Koffer, drehte sich in Richtung Flur und rief fröhlich: »Ich muss morgen dem Haftrichter ausgeschlafen gegenübertreten.« Er stimmte ein kehliges Lachen an und marschierte ohne ein Wort des Abschieds davon. Martin, Victoria und Daniel schauten sich ratlos an und schüttelten den Kopf.

Victoria wartete einen kurzen Moment, um sicherzugehen, dass Walter sie nicht mehr hören konnte. Dann protestierte sie: »Mit dem Haftbefehl kommt er nicht durch. Es gibt keine Beweise, bestenfalls ein paar mickrige Indizien. Das reicht nie und nimmer für einen Haftbefehl. Ich werde Hannes Bechers Unschuld beweisen.«

Martin und Daniel schauten sich an und schüttelten über die Starrsinnigkeit ihrer Kollegin den Kopf. Die jedoch winkte ab und stöhnte: »Männer!«

Victorias Telefon auf dem Schreibtisch klingelte. Sie nahm ab. Es war Roland Weigel, der aus seinem Büro anrief. Wahrscheinlich arbeitete er mal wieder an seiner Heimatsammlung und wollte deswegen unnötiges Gerenne vermeiden. Er teilte ihr mit, dass in Haus und Schuppen von Hannes Becher nichts Verdächtiges sichergestellt werden konnte. »Es gibt immer noch keinen Hinweis auf den Verbleib des Messers, des Elektroschockers, des Gifts und der Kleidung, die der Täter während des Mordes an Pia Becker getragen hat«, lautete Rolands magere Bilanz über das Ergebnis der Hausdurchsuchung.

Victoria dankte ihm und verabschiedete sich mit knappen Worten. Dann berichtete sie ihren Kollegen über den Inhalt des Telefonats.

»Das Nachbilden der Vereinsfarben – Blau, dann Rot, danach wieder Blau – an den Leichen passt auch zu Frederik Schumacher«, offenbarte Victoria ihre Theorie. »Sein Hass richtet sich gezielt gegen die Malberger Vereine. Auch für ihn ist es naheliegend, diesem Hass mit den Vereinsfarben Ausdruck zu verleihen.« Victoria holte ihre Brotdose aus der obersten Schublade ihres Schreibtisches. Das Brötchen war von gestern, aber besser als gar nichts bei dem Bärenhunger, den sie verspürte. Als sie hineinbiss, merkte sie, dass es bereits hart und zäh war und an ihren Zähnen klebte, bis der Speichel es schließlich aufgeweicht hatte. Sie hatte das Gefühl, Staub trete zwischen ihren Lippen hervor. Mit vollem Mund sprach sie weiter: »Und vom Biggesee nach Malberg ist es auch keine Weltreise. Eine Fahrt schafft man locker in einer guten Stunde. Wer sagt uns denn, dass er nicht gegen zweiundzwanzig Uhr dort aufgebrochen ist, nach seiner Ankunft in Malberg zwei Morde begangen hat, und flugs war er bei Sonnenaufgang wieder zurück am Biggesee. In der Nacht hat ihn keiner vermisst, und schon gilt sein Alibi als gesichert.« Victoria packte das steinharte Brötchen zurück in die Dose und ließ sie in der Schublade verschwinden. Sie lehnte sich zurück, die Lehne wippte nach hinten.

In dem Augenblick blinkte das Symbol eines Briefes auf Martins Desktop. Er hatte eine E-Mail von der Gerichtsmedizin in Mainz erhalten, die mit Hochdruck an der Obduktion der Leiche des getöteten Frank Müller arbeitete. Aus dem Schreiben ging hervor, dass sich der erste Verdacht bestätigt hatte: Frank Müller war vergiftet worden. Aus seinem Mageninhalt ließ sich schließen, dass ein Brötchen mit Nussnougatcreme, ein Joghurt und Kaffee das Letzte waren, was er zu sich genommen hatte. Das mit dem Brötchen ließ Victoria laut husten. Der Gerichtsmediziner mutmaßte, dass er das Gift mit dem Kaffee verabreicht bekommen hatte. Der Tod war innerhalb weniger Minuten, nachdem Frank Müller die Substanz in seinen Körper aufgenommen hatte, eingetreten. Der Todeszeitpunkt lag zwischen sieben und neun Uhr am Morgen.

»Ich glaub, ich esse nie wieder Nussnougatcreme. Irgendwie hab ich mir schon immer gedacht, dass da etwas drin sein muss, das nicht gut sein kann«, witzelte Martin und rieb sich den Bauch.

Victoria nahm einen Kaugummi aus ihrer Tasche und steckte ihn in den Mund, um den schalen Geschmack loszuwerden.

In diesem Moment tauchte Florian Schuster in der Bürotür auf. Anscheinend war er gerade auf dem Weg in den Feierabend, denn er trug bereits seine Jacke und seinen Rucksack. Er hielt sich weder mit einer Begrüßung noch mit langen Vorreden auf, sondern kam sofort zum Punkt: »Ich habe Neuigkeiten für euch. Wir gehen davon aus, dass der Täter Frank Müller ins Sportheim gelockt und das Schloss aufgebrochen hat. Die Kaffeemaschine und Tassen haben wir auf verwertbare Spuren untersucht, aber alles ist penibel gereinigt worden. Müllers Auto ist nach wie vor verschwunden.«

»Danke, Florian«, sagte Victoria knapp.

Florian nutzte das Schweigen der Kripobeamten, um sich mit einem »Bis morgen und schönen Abend euch« zu verabschieden.

»Als er um halb sieben von zu Hause aufgebrochen ist, ist er also nicht zur Arbeit gefahren, sondern hat sich mit seinem Mörder getroffen. Aber warum? Unter welchem Vorwand hat er ihn zu sich gelockt?« Victorias Worte schienen im Büro von den Wänden widerzuhallen. In ihrem Kopf pochten Stimmen, die ihre letzten Fragen immer wieder aufsagten. Sie drehte sich zum Computer und schaltete ihn an.

»Vielleicht wollte Hannes Becher noch einmal mit ihm reden wegen seiner Aufnahme in das Männercorps«, überlegte Daniel. Er drehte sich um und ließ seinen Blick über die Friedrichstraße schweifen. Die Scheinwerfer der Autos und die Lampen im Barbaratunnel erhellten die Dunkelheit notdürftig und tauchten die Umgebung in ein schummriges Licht. Es waren nicht mehr viele Autos unterwegs. Daniel bildete sich ein, das Rauschen der Heller durch das geschlossene Fenster hören zu können.

Victoria schluckte den Einwand, Hannes Becher sei kein Mörder, hinunter. Sie wollte sich nicht schon wieder mit Daniel streiten.

Martin Kleinschmidt verabschiedete sich mit einem Blick auf seine Uhr. Der kleine Zeiger stand auf der Acht und der große auf der Vier. An Victoria richtete er noch den Hinweis, dass seine Frau sicherlich wütend sei und tobend zu Hause auf ihn wartete, da er den asiatischen Kochkurs zum wiederholten Male verpasst habe. In solchen Momenten war Victoria froh, keinen Partner zu haben, obwohl sie sich des Öfteren nach körperlicher Nähe und Zärtlichkeit sehnte.

Die Partner, die selbst einen Bürojob und regelmäßige Arbeitszeiten hatten, brachten meistens kein oder kaum Verständnis dafür auf, dass die Polizei nicht immer um achtzehn Uhr das Licht ausschalten und »Bis morgen« grölen konnte. Es war das tägliche Los der Polizeibeamten, dass sie Verabredungen ausfallen lassen oder verschieben mussten. Nicht selten zerbrachen Partnerschaften an den unmenschlichen Arbeitszeiten der Polizisten. Die naheliegende Lösung, sich einen Partner am Arbeitsplatz zu suchen, lief auch oft genug schief. Verbandelte Paare durften nicht zusammen ermitteln, sodass einer von ihnen so manches Mal nicht nur die Dienstgruppe, sondern sogar die Polizeiinspektion wechseln musste, was unweigerlich zu Streitigkeiten und Zerwürfnissen führte. Wenn ein Paar dann in unterschiedlichen Dienstgruppen beziehungsweise Dienststellen arbeitete, waren die Arbeitszeiten so verschieden, dass man einander kaum zu Gesicht bekam.

Victoria sah zu Daniel, der noch immer an der Fensterbank lehnte. »Willst du auch nach Hause?«

»Wieso fragst du?« Daniel wiegte den Kopf hin und her, als habe er Angst vor dem Ansinnen seiner Kollegin.

»Ich würde gern noch mal die Akten durchgehen. Irgendwas haben wir übersehen. Außerdem möchte ich einige Nachbarn von Hannes Becher befragen. Vielleicht haben die gesehen, wer die Kleidung von Pia Becker im Schuppen versteckt hat, und können zu seiner Entlastung beitragen.« Victoria war voller Tatendrang und ballte die Hände zu Fäusten.

Daniel wirkte skeptisch: »Um die Zeit? Du klingelst ja alle aus dem Bett.«

»Daniel, es geht um dreifachen Mord. Wir haben keine Zeit mehr! Morgen wird Hannes dem Haftrichter vorgeführt«, drängte sie.

»Wir?« Misstrauen lag in seiner Stimme.

Victoria schaute ihn mit dem besten Dackelblick, den

sie besaß, an und schob dazu noch die Unterlippe vor. »Du willst doch nicht, dass ich alles allein machen muss, oder?« Sie zog bittend die Augenbrauen hoch.

»Also gut«, willigte er schließlich ein. »Ich habe sowieso nichts anderes vor.« Dann griff er sich Martins Schreibtischstuhl, verpasste ihm einen kräftigen Schub und rollte neben Victoria.

Victoria verstaute die Akten – es waren fünf prall gefüllte Ordner –, die sich mittlerweile über die Mordserie in Malberg angesammelt hatten, in einer blau-grünen Einkaufstransportbox. Danach holte sie die Brotdose mit dem vertrockneten Brötchen aus der Schreibtischschublade, packte sie zusammen mit ihrem Handy in die Handtasche und stieß die Schublade mit dem Fuß zu. Daniel nahm ihr die Box ab und trug sie nach unten zum Toyota, wobei Victoria ihm die Türen aufhielt. Die Schutzpolizisten der Spätschicht hatten gerade Feierabend und übergaben das Regiment an ihre Kollegen des Nachtdienstes, die in der Zeit von einundzwanzig Uhr bis sieben Uhr am nächsten Morgen die Wache hüten mussten. Sie hofften auf eine ruhige Schicht, obwohl das in einer Nacht von Donnerstag auf Freitag selten der Fall war, da viele junge Leute bereits das bevorstehende Wochenende feierten.

Auf dem Hof wartete Silvia auf ihren Kollegen Jens, der gerade aus seinem Auto stieg, und flocht ihre braunen Haare, die bis zu ihrem Hintern reichten, zu einem dicken Zopf. Als Victoria noch bei der Schutzpolizei in Betzdorf gearbeitet hatte, waren sie alle in einer Dienstgruppe gewesen. Silvia winkte ihr zu, und sie wechselten ein paar Worte. Jens balancierte einen Karton Honiggläser in Richtung der beiden Frauen. Vor einigen Jahren war er unter die Hobbyimker gegangen und nannte sich seitdem König von drei Bienenvölkern. Er schenkte Victoria ein Glas seines Winterhonigs mit Zimt und Nüssen, den er regelmäßig an seine Kollegen verkaufte, die ihrerseits damit nicht nur den

Eigenbedarf stillten, sondern ihn auch im Verwandten- und Bekanntenkreis weiterverkauften oder verschenkten. Daniel lud unterdessen die Transportbox in den Kofferraum des Toyota, Victoria stellte den Winterhonig dazu.

Sie fuhren zunächst nach Malberg in die Hachenburger Straße, um die Nachbarschaft der Bechers zu befragen.

Daniel betrachtete kritisch seine Armbanduhr. »Na, viel Erfolg!« Er parkte das Auto am Straßenrand.

»Es geht um einen Dreifachmord, und halb zehn ist noch keine nachtschlafende Zeit«, sah sich Victoria erneut zu einer Rechtfertigung gezwungen.

»Wenn du meinst … Die Leute müssen morgen arbeiten.« Daniel wollte nicht, dass sie zu viel Hoffnung in ihr nächtliches Unterfangen setzte.

»Ich auch«, gab Victoria kalt zurück. »Um sieben habe ich Dienstantritt.«

Daniel wusste, dass es sinnlos war, sie von ihrem Vorhaben abbringen zu wollen. Er musste sich wohl oder übel in sein Schicksal fügen. Obwohl die Streifenbeamten in den vergangenen Tagen mehrfach die Nachbarn von Hannes Becher als Zeugen befragt hatten, hatten sich daraus keine neuen Erkenntnisse ergeben. Er befürchtete, dass sich Victoria einerseits lächerlich machen und andererseits deprimiert den Rückzug antreten würde, da es keine Aussagen geben würde, die die Anwohner nicht schon mehrfach wiederholt hatten und die in jedem Protokoll auftauchten. Er hätte ihr gern eine Enttäuschung erspart.

Im Haus der Bechers brannte kein Licht. Entweder war Margret Becher nicht zu Hause, oder sie schlief bereits. An den Häusern rechts und links daneben öffnete niemand. Gegenüber reagierte eine junge Frau im Schlafanzug und mit Lockenwicklern im Haar auf das Klingeln der Beamten, aber auch sie hatte keine Beobachtungen gemacht, die darauf schließen ließen, wer Pias Kleidung in den Schuppen gelegt hatte. Ihr Nachbar wiederum öffnete mit einer Alkoholfahne, die man drei Meter gegen den Wind riechen konnte. Er lallte Kauderwelsch vor sich hin, bei dem nicht davon auszugehen war, dass es wichtige Informationen enthielt. Nach einer knappen Stunde – es war mittlerweile zweiundzwanzig Uhr fünfzehn – gab Victoria genervt und müde auf. Daniel musterte sie eingehend aus seinen grünen Augen.

»Ja, ich weiß, was du jetzt sagen willst. Du hast das vorher schon gewusst, ich habe dir nicht geglaubt, und ja, ich bin ein Naivchen.« Sie hob entschuldigend die Hände und ließ sie in ihren Schoß fallen.

»Das wollte ich gar nicht sagen«, verteidigte sich Daniel und grinste schelmisch.

»Aber du hast es gedacht!«

»Habe ich nicht. Ich wollte nur sagen, dass ich Hunger habe.« Er stupste sie mit dem Ellbogen an und lachte.

In Anbetracht der fortgeschrittenen Stunde unterbreitete Victoria Daniel ein Angebot, das er sofort annahm: Sie wollten bei ihr zu Hause die Akten durchgehen und danach etwas kochen.

Es klopfte an seiner Tür. Er wollte jetzt nicht gestört werden und versuchte, keinen Laut von sich zu geben. War das Klopfen am Anfang noch leicht und gleichmäßig, wurde es mit jedem weiteren Schlag lauter, pochender und eindringlicher. Wer wollte ihn um diese Zeit noch sprechen?

Victorias Onkel Erwin und ihre Tante Franziska hatten die Angewohnheit, den Rollladen im Wohnzimmer nie herunterzulassen. Als sie an ihrem Haus vorbeifuhren, das im Jagdweg direkt vor Victorias lag, sah sie das Licht des Fernsehers an den Wänden zucken. Erwin und Franziska gingen nie vor Mitternacht ins Bett, ihr Onkel pflegte seine erste Portion Schlaf stets auf der Couch vor dem Fernseher zu nehmen. Daniel parkte den Wagen vor Victorias Garage, als ihr siedend heiß einfiel, dass immer noch dieselbe gähnende Leere in ihrem Kühlschrank herrschte wie am

Abend zuvor. Zwar hatte sie den Winterhonig bekommen, aber weder Brot noch Brötchen oder Toast im Haus. Bilder schossen ihr durch den Kopf: Sie servierte den Honig auf einem Silbertablett. Daniel saß erwartungsvoll und mit knurrendem Magen am Tisch. Sie stellte das Glas in die Mitte. Er runzelte die Stirn, als sie ihm einen Löffel reichte. Deprimiert sagte er: »Und das soll ein Abendessen sein?«

Victoria musste über ihre eigene Vorstellung lachen. Sie schüttelte ihre blonden Locken aus dem Gesicht, drückte Daniel mit den Worten »Bring die Ordner schon rein und mach es dir bequem« ihren Haustürschlüssel in die Hand und rannte zum Haus ihrer Tante.

Franziska empfing ihre Nichte im Nachthemd und mit zerzausten Haaren, umarmte sie herzlich, erkundigte sich weitschweifig nach ihrem Befinden und bat sie herein. Katze Lilly schlief auf der Couch auf Onkel Erwins Bauch unter einer warmen Schafwolldecke. Franziska erzählte Victoria, Lilly habe eine Maus gefangen und den ganzen Tag das Vogelhäuschen im Garten belauert. Onkel Erwin schnarchte vor sich hin, als säge er den kompletten Wald in der Senner Wiese ab.

Wenn Victoria ihre Tante besuchte, konnte diese sie nur schwer wieder gehen lassen. Franziska wollte sie ins Esszimmer führen, ihr ein Brot schmieren und einen Tee kochen. Hier fühlte sich Victoria willkommen, beschützt und umsorgt. Auch wenn es sie in der Seele schmerzte, musste sie heute das Angebot ihrer Tante ablehnen, da Daniel auf sie wartete. Sie bat Franziska um ein Paket Nudeln, Brokkoli, Paprika und Tomaten. Glücklicherweise hatten die beiden Pensionäre einen festen Einkaufstag in der Woche, an dem sie verschiedene Supermärkte in Hachenburg abklapperten, sodass sich immer genügend Lebensmittel im Haus befanden. Onkel Erwin war in der Familie bekannt dafür, dass er dazu neigte, lieber etwas zu viel als zu wenig einzukaufen.

»Habt ihr schon eine Spur zu dem Mörder?« Franziska öffnete den Kühlschrank und zog die Gemüseschublade heraus. Die kleine, zierliche Frau hatte ihre grauen Haare blond gefärbt und wirkte viel jünger als die sechzig Jahre, die sie in Wirklichkeit zählte.

Victoria presste die Lippen aufeinander und wiegte den Kopf hin und her.

Ihre Tante wandte ein: »Ich weiß, du darfst eigentlich nichts sagen, aber wir machen uns alle Sorgen. Heute Morgen hat Veronika mich angerufen, und du glaubst nicht, was …«

Bevor Franziska ausschweifend die vermutlich haarsträubenden Gerüchte und Mutmaßungen, die tagtäglich im Dorf verbreitet wurden und die rein gar nichts mit der Wahrheit zu tun hatten, wiedergeben konnte, hakte Victoria ein: »Wir haben heute einen Verdächtigen festgenommen.« Da Victoria sowieso davon ausging, dass jeder im Dorf über die Verhaftung von Hannes Becher informiert war, brauchte sie ja darum kein Geheimnis zu machen.

»Wirklich?«, Franziska schaute sie entgeistert an, als sie Tomaten, Brokkoli und Paprika in einer Plastiktüte verstaute.

Da ihre Tante ehrlich überrascht wirkte, schob Victoria ein »Sag es aber nicht weiter« nach, und während sie sich noch darüber wunderte, dass der Dorffunk anscheinend seinem Namen keine Ehre mehr machte, wusste sie auch, dass sich ihre Tante nicht an die Abmachung halten würde. Spätestens am nächsten Morgen wusste es die ganze Straße, gegen Mittag dann das ganze Dorf.

Als Franziska ein Paket Spaghetti aus dem Vorratsschrank geholt hatte, ergriff Victoria die Gelegenheit, sich mit dem Hinweis auf den Berg Arbeit, der noch vor ihr lag, zu verabschieden.

»Danke für Nudeln und Gemüse. Passt gut auf Lilly auf!« Victoria drückte Franziska kurz an sich, die ihr zur Haustür folgte.

»Lass dich bald mal wieder blicken. Vielleicht Sonntag

zum Kaffee?« Franziska lehnte am Türrahmen, während Victoria schon die Marmorstufen hinunter auf das Kopfsteinpflaster gehüpft war.

»Ich muss schauen, wie die Ermittlungen vorangehen. Aber ich bring dir auf jeden Fall die Sachen wieder, die sind nur geliehen.« Sie schüttelte das Paket Spaghetti in ihrer Hand, sodass sie krachend im Pappkarton hin und her rutschten.

»Quatsch«, winkte Franziska ab. »Lass es dir schmecken und pass auf dich auf.«

Mit einem »Mach ich!« spurtete Victoria los.

Niemand sollte ihn stören, deshalb hatte er die Jalousien vor den Fenstern heruntergelassen und die Tür abgeschlossen. Jetzt bereute er es, denn er musste sich mit schweren Gliedern aus dem Bürostuhl erheben, der es ihm mit Quietschen und Knarren dankte. Er wusste, dass er abnehmen musste. Sein Arzt hatte es ihm mit Blick auf seine Blutwerte dringend empfohlen. Er schloss den obersten Knopf seines Hemdes, den er eben geöffnet hatte, weil ihm zu warm gewesen war. Dann schlurfte er zur Tür, drehte den Schlüssel im Schloss und drückte den Griff hinunter.

Daniel hatte den Schlüssel von außen in der Tür stecken lassen, damit Victoria jederzeit hereinkommen konnte. Er fragte sich lange, um was es sich bei dem eingetrockneten Fleck auf dem Küchenboden bloß handelte. Auf der Küchenabdeckung fand er eine volle Flasche Wasser und, nachdem er mehrere Schränke durchforstet hatte, sogar ein sauberes Glas. Zuerst hatte er Skrupel gehabt, in fremden Schränken zu wühlen, aber schließlich hatte sein Durst gesiegt. Außerdem hatte sie ja gesagt, er solle es sich bequem machen, und mit seinem riesigen Durst wäre das unmöglich gewesen. Daniel trank das erste Glas in einem Zug aus, goss sich das zweite zur Hälfte voll, breitete die Akten auf dem Esszimmertisch aus, heftete einige Berichte aus, die er unbedingt noch einmal lesen wollte, und nippte zwischendurch immer wieder an seinem Wasser.

Plötzlich hörte er, wie sich der Schlüssel im Schloss drehte. Victoria holte zu einem großen Schritt aus, um nicht auf den Marmor, sondern direkt auf den Fußabtreter zu kommen. Sie streifte die Sneakers ab, ohne sie aufzuschnüren, und schlüpfte in ihre Hausschuhe. Auf jedem Schuh war die Hälfte einer Nordseekrabbe abgebildet, und wenn sie die Füße nebeneinanderstellte, komplettierte sie sich zu einer ganzen. In der Küche stellte sie die mitgebrachten Lebensmittel ab und ging noch einmal zurück in den Flur, um Jacke und Schal aufzuhängen.

»Wo warst du denn?«, fragte Daniel, der mittlerweile ein Chaos in ihrem Esszimmer verursacht hatte. Auf dem Boden unter und rings um den Tisch lagen Zettel, die Ordner hatte er im Raum verteilt, weiter hatte er sich einer alten Tageszeitung bemächtigt und eine Seite herausgerissen, um einen Untersetzer für sein Glas daraus zu falten, damit es auf dem Tisch keine Flüssigkeitsränder hinterließ. Außerdem hatte er mehrere weiße Blätter mit Klebeband zu einem großen zusammengeklebt und es wie ein Flipchartpapier mit wichtigen Informationen beschriftet.

»Hier sieht es ja schön aus.« Victoria goss sich ebenfalls ein Glas Wasser ein und trank es gierig leer.

Er versuchte erst gar nicht, sich für das entstandene Chaos zu rechtfertigen, sondern fragte stattdessen: »Hast du Reißzwecken?«

»Das Plakat kommt nicht an meine Wand!« Sie tippte sich mit dem Finger gegen den Kopf und stemmte entrüstet die linke Hand in die Hüfte.

»Warum?« Er setzte eine unschuldige Miene auf, als käme für ihn nicht in Betracht, dass dadurch die Tapete zerstört werden könnte.

»Wir sind hier weder in der Polizeiinspektion noch in deiner Wohnung.« Bei dem Wort »deiner« wies sie auf Daniel. »Ich glaube, du bist unterzuckert. Besser, ich koche erst etwas, sonst tapezierst du mir womöglich noch das Haus mit Fotos von dem Fall.« Victoria beförderte einen Topf aus dem Küchenrondell, ließ ihn voll Wasser laufen und stellte ihn auf die Herdplatte.

»Kann ich dir was helfen?« Daniel stand auf, zog seinen Pullover aus, unter dem ein blau-rot kariertes Hemd zum Vorschein kam, das er mit schnellen Bewegungen glatt strich. Dann löste er die Schleifen an seinen Schuhen, streifte sie ab und stellte sie neben den Schrank. »Auf Socken lässt es sich besser kochen«, grinste er und präsentierte stolz seine schwarzen Socken. Sein Lächeln verzog sich zu einem kritischen Blick, als er fragte: »Wo hast du das Zeug jetzt her?« Er zeigte auf Gemüse und Nudeln. »Ich dachte, euer Dorflädchen hat nur bis achtzehn Uhr auf.«

Victoria druckste herum, sie wollte vor ihm nicht als unorganisierte und unselbstständige Frau dastehen. Sie teilte ihm die Aufgabe zu: »Du kannst das Gemüse waschen und klein schneiden« und schob ihm Schneidebrett und Messer hin.

Daniel zuckte mit den Schultern und fügte sich den ihm aufgetragenen Pflichten. Dabei wusch er für Victorias Ermessen das Gemüse nicht ordentlich genug und schnitt es zu grob. Sie setzte in einem Topf die Tomaten mit Zwiebeln und etwas Knoblauch an, damit sie zu einer Soße einkochten. Als das Nudelwasser sprudelte, streute sie Salz hinein und gab die Spaghetti dazu.

Als er seinen Gast erblickte, stöhnte er: »Du? Was willst du denn hier?«

»Ich möchte mit dir reden.«

»Worüber?« Seine Stimme klang heiser. Er räusperte sich, um den angesammelten Schleim in seinem Hals hinunterzuschlucken. Wäre er allein gewesen, hätte er ihn in den Mund gezogen, um ihn dann in ein Taschentuch zu spucken. Aber er nahm Rücksicht auf seinen Gast. Er ahnte schon, was dieser von ihm wollte. Dennoch verspürte er wenig Lust, schon wieder darüber zu diskutieren und seine Entscheidung immer wieder rechtfertigen zu müssen. Er

ging zurück zu seinem Schreibtisch und ließ sich schwerfällig in den Stuhl sinken. Dann faltete er die Hände vor seinem dicken Bauch und blickte den Gast abwartend an.

»So ein Mist.« Victoria schlug sich gegen die Stirn. »Jetzt habe ich den Parmesan vergessen.«

»Einen Feinkostladen habt ihr in Malberg also auch?« Kritisch überprüfte Daniel Victorias Gesichtszüge, in denen sich immer mehr Unbehagen spiegelte.

Sie wollte ihm nicht länger etwas vormachen und ergab sich schließlich. »Also gut.« Sie warf den Kochlöffel auf das Schneidebrettchen, sodass Tomatensoße an die Fliesen der Küchenwand spritzte. Daniel nahm das Spültuch und wischte die roten Tropfen ab, bevor sie eintrocknen und einen hässlichen Kleister hinterlassen konnten. »Meine Tante wohnt nebenan, die muss mir manchmal etwas leihen«, gab Victoria kleinlaut zu und zuckte entschuldigend mit den Schultern.

»Manchmal?« Daniel blickte sie zweifelnd und lächelnd zugleich an.

Victoria kratzte sich verlegen am Kopf und verteidigte sich. »Ich habe einen stressigen Job, da bleibt nicht immer Zeit zum Einkaufen.« Sie erwischte sich dabei, wie sie einen Moment zu lang seinem Blick standhielt und in seinen tiefgrünen Augen versank. Wenn sie blau gewesen wären, hätte sie sie mit den ruhigen Wellen eines weiten Ozeans verglichen. Das Grün hingegen erinnerte sie an die friedlichen, stillen und satten Wälder des rauen Westerwaldes. Daniels Augen konnten damit die Charaktereigenschaften ihres Besitzers nicht besser symbolisieren.

Das Piepsen der Eieruhr zeigte an, dass die Spaghetti al dente waren. Auch die Tomatensoße war fertig. Victoria dünstete das von Daniel geschnippelte Gemüse in einem Schuss Olivenöl an, während er Pastateller, Löffel, Gabeln und Wassergläser ins Esszimmer trug. Dabei verfing sich seine Socke in einer Schraube der Übergangsleiste zwischen

Küche und Esszimmer und riss ein Loch in den schwarzen Stoff. Er hob den Fuß und betrachtete bedauernd den kreisrunden Riss, der einen Teil seiner Ferse entblößte. Eigentlich wollte er Victoria einen augenzwinkernden Vortrag über die Gefahren im Haushalt halten, da sie aber so mit dem Gemüse beschäftigt war und sein Missgeschick nicht bemerkt hatte, verzichtete er darauf. Stattdessen raffte Daniel die Unterlagen über die Fälle zusammen und verteilte sie großzügig neben der Heizung auf dem Boden, wo sie am wenigsten im Weg lagen. Victoria übergoss das bissfeste Gemüse mit der Tomatensoße und richtete alles auf einer Platte an. Aus dem Keller holte sie eine Flasche Rotwein und die Weingläser aus Bleikristall aus dem Wohnzimmerschrank. Als Victoria den Korken gekonnt mit dem Korkenzieher aus dem Flaschenhals beförderte und den Wein in die Gläser goss, wollte Daniel zunächst das alkoholische Getränk mit dem Hinweis, dass er noch nach Betzdorf fahren müsse, ablehnen, ließ sich dann aber doch mit dem festen inneren Vorsatz einschütten, nur daran zu nippen.

In Gedanken legte er sich Worte zurecht, formulierte Sätze vor, mit denen er seine Verordnungen begründen und auf ihnen beharren wollte. Er wiederholte sie mehrfach, um sie auswendig zu lernen, hoffte aber, dass sie nicht auswendig gelernt klangen. Er musste seine Autorität wahren und zu seinen Entscheidungen stehen. Sein Wort war Gesetz, an das sich alle halten mussten. Sein Gast trat neben ihn und schaute erwartungsvoll auf ihn herab. Um ihm einen Platz anzubieten, deutete er mit der rechten Hand auf den Besucherstuhl. Plötzlich merkte er, wie ihn der Stromschlag des Elektroschockers unvermittelt und mit voller Wucht am Genick traf. Augenblicklich verlor er die Kontrolle über seine Muskeln und seinen Körper. Er versuchte aufzustehen und die Arme zu heben, um sich zur Wehr zu setzen. Doch seine Gliedmaßen gehorchten ihm nicht. Der Körper war zu einer brennenden Hülle geworden, über die er keine Macht mehr hatte. Er konnte noch nicht einmal um Hilfe schreien. Sein Gast griff nach dem Briefbeschwerer auf dem Schreibtisch und schlug ihm damit gegen den Kopf. Immer und immer wieder. Er registrierte zwar die Schläge, die seinen Kopf wie einen Gummiball nach links schleuderten, doch er verspürte keinen Schmerz. Dann begannen seine Sinne zu schwinden, und er wusste, dass er jede Sekunde das Bewusstsein verlieren würde.

Victoria versuchte, die Spaghetti mit der Gabel auf dem Löffel aufzurollen. In Restaurants und wenn sie bei Freunden eingeladen war, gab sie ihr Bestes im Kampf mit ihnen, doch zu Hause zog sie sie mit der Gabel aus dem Teller, stopfte so viele wie passten in den Mund und biss kräftig zu, sodass die heraushängenden zurück auf den Teller fielen. Sie überlegte lange, während die langen Nudeln immer wieder durch die Zacken der Gabel entwischten, ob sie Daniel diese Art des Essens würde zumuten können. Sein ebenfalls unbeholfener Umgang mit den Spaghetti brachte sie zu der Entscheidung, den Löffel zur Seite zu legen und ihm ihre unkonventionelle Methode zu zeigen. Daniel sah belustigt zu, wie Victoria die Teigwaren mit quietschenden und schmatzenden Geräuschen in den Mund saugte und dabei Spritzer der Tomatensoße auf ihrer Bluse und rings um ihren Teller verteilte.

»Und ich hab Ärger bekommen, weil ich ein Plakat an die Wand hängen wollte. Wenn du so weitermachst, kannst du nach dem Essen gleich mit der Renovierung deiner Wohnung beginnen.« Daniel rollte die Spaghetti auf die Gabel und gab Victoria damit zu verstehen, dass er die konventionelle Methode beibehalten wollte.

»So macht das auch der Lafer«, behauptete Victoria mit vollem Mund, wobei ihr ein Stück Spaghetti zwischen den Zähnen hervorrutschte. Daniel konnte sich das zwar nicht vorstellen, verzichtete aber auf eine ironische Bemerkung und nickte nur. Victoria, die davon ausging, dass Daniel ihr nicht glaubte, schob ein energisches »Das stimmt wirklich« nach. Dann spießte sie einige Gemüsestücke auf ihre Gabel und schob sie in den Mund.

»Das schmeckt sehr lecker. Man merkt gar nicht, dass der Parmesan fehlt«, lobte Daniel, wischte sich mit der Serviette den Mund ab und nippte an seinem Wein.

»Ja, ja, mach dich nur lustig über mich.« Victoria wollte mit der Nudelzange Daniel einen Nachschlag auf den Teller befördern, doch der lehnte ab: »Ich platze gleich!« Er rieb sich den Bauch. »Außerdem habe ich das ernst gemeint mit dem Parmesan …«

»Komm, hör doch auf.« Sie wollte ihn in den Bauch pieken. Doch Daniel spannte die Muskeln an, und so prallte Victorias Zeigefinger wie ein Flummi dort ab. Im Finger knackte es. »Aua.« Sie zog ihn zurück und schüttelte ihn. »Ich weiß selbst, dass ich nicht die geborene Hausfrau bin. Nähen und Stopfen kann ich übrigens auch nicht. Bügeln hasse ich wie die Pest. Damit du es weißt.« Sie lehnte sich zurück, zog die Hausschuhe aus und schlang die Füße um die Stuhlbeine. Er dachte an das Loch in seiner Socke und beschloss, sie bei nächster Gelegenheit zu entsorgen.

Als er wieder zu sich kam, saß er noch immer in seinem Bürostuhl. Seine Umgebung nahm er nur verschwommen war, er musste mehrfach stark blinzeln, um wieder scharf sehen zu können. Im Raum war es heiß und stickig. Er konnte seine Arme und seine Hände nicht bewegen. Sie waren an den Armlehnen mit einem Seil gefesselt. Die Füße waren nebeneinander positioniert und ebenfalls mit etwas umwickelt, sodass er sie keinen Millimeter voneinander entfernen konnte. Auch seine Oberschenkel und sein Oberkörper waren mit einem Strick am Stuhl festgebunden. Sein Mund war mit Klebeband verschlossen, sodass er nur durch die Nase atmen konnte. Sein umnebelter Verstand konnte die missliche Lage, in der er sich befand, noch nicht realisieren. Die Gedanken kreisten, und die Gehirnwindungen arbeiteten auf Hochtouren. Wie sollte er sich befreien? Hatten seine Hände genug Spiel, um sich aus den Fesseln zu winden? Sollte er mit unverständlichen Tönen und Wörtern durch seine verklebten Lippen um Hilfe schreien? Doch es war niemand da, der ihn hören könnte. Sein Gast hatte auf dem Besucherstuhl auf der anderen Seite des Schreibtisches Platz genommen und sah belustigt zu, wie sich das Gesicht des Bürgermeisters zu einer Grimasse verzerrte. Ohne eine Regung in der Stimme sagte der Gast: »Du hast es nicht anders verdient.«

Victoria räumte das Geschirr in die Spülmaschine, während Daniel die Unterlagen zurück auf den Esstisch beförderte. Victoria platzierte dort eine Flasche Multivitaminsaft und zwei Gläser. Dann vertiefte sie sich in das Vernehmungsprotokoll von Frederik Schumacher, da sie von seiner Verstrickung in die Mordfälle ausging. Daniel nahm sich die Obduktionsberichte der Getöteten vor. Gegen ein Uhr hatten sie immer noch keinen Hinweis entdeckt. Auf Victorias Armen hatte sich eine Gänsehaut gebildet, sie fror, hoffentlich hatte sie sich keine Erkältung eingefangen. Sie stand auf und drehte die Heizung höher, während Daniel in seinem kurzärmeligen Hemd auf dem Stuhl hin- und herrutschte und sich auf seiner Stirn ein dünner Schweißfilm bildete. Victoria legte den Kopf auf die Tischplatte und schlug ihre Arme darüber.

»Was ist los?« Daniel legte besorgt die Stirn in Falten. Victoria reagierte nicht. Er schaute auf seine Armbanduhr, dann auf seine Kollegin und wieder zurück. Dann entschied er: »Lass uns aufhören und morgen weitermachen. Ich fahre jetzt besser.« Er schob den Stuhl zurück und erhob sich. Victoria gab nur unverständliche Laute der Verneinung von sich. Daniel strich ihr durch die Locken. Langsam hob sie den Kopf und stand auf. Ihre Augen waren gefüllt mit Tränen.

»Was ist los?«, fragte Daniel noch einmal.

»Ich kann nicht mehr.« Victorias Stimme war nichts weiter als ein weinerliches Piepsen. Mit einem Mal löste sich der feste Kloß in ihrem Hals, und die Tränen flossen über ihre Wangen, wo sie im Make-up schlängelnde Eingrabungen hinterließen. Die Wimperntusche verschmierte um Victorias Augen. Sie lehnte ihren Kopf gegen Daniels

Schulter, der seine Arme um sie schlang und seine Hände an ihrem Rücken ineinanderlegte.

»Nicht weinen«, flüsterte er ihr ins Ohr.

»Die Mordfälle, die Ermittlungen zerreißen mich.« Eine Träne fiel auf seine Schulter, wo sie zunächst nur als kleiner Punkt zu sehen war. Je mehr sie sich in den Stoff saugte, desto größer wurde der nasse Fleck.

»Ich weiß.« Er strich ihr den Rücken entlang und bügelte dabei mit der Hand Falten in ihre Bluse. »Es ist für uns alle schwer.«

Victoria hob den Kopf und schaute Daniel direkt in die Augen. In ihnen spiegelte sich so viel Verständnis und zugleich Unbeschwertheit. Keine Spur von Gefühlskälte oder Abgestumpftheit war darin zu erkennen. Obwohl er beim K11 jeden Tag mit Leichen, Morden und Mördern konfrontiert war, hatte er sich so viel Leichtigkeit und Einfühlungsvermögen bewahrt. Das faszinierte Victoria.

Sie neigte den Kopf in Daniels Richtung. Zuerst berührten sich ihre Nasenspitzen. Seine war warm, sein Bart kitzelte sie an ihrem Kinn und hinterließ dort ein sanftes Kribbeln, das sie bis in den Bauch spüren konnte. In den ersten Kuss mischte sich der salzige Geschmack von Victorias Tränen.

Ein Stauschlauch wurde ihm um den rechten Oberarm gelegt und so festgezurrt, dass er die Zähne zusammenbeißen musste. Stefan Weber merkte, wie sich der Lebenssaft in seinem Arm staute. Zunächst spürte er nur einen leichten Druck unter seiner Haut, der sich dann zu einem regelrechten Pochen ausweitete. Er ahnte, dass ihm Blut abgenommen werden sollte. Er hatte das Gefühl, sich jeden Moment übergeben zu müssen. Schon beim Arzt versuchte er, sich vehement gegen jede Blutuntersuchung zu wehren, mit mäßigem Erfolg, da der Arzt ihm jedes Mal die medizinische Notwendigkeit vor Augen führte. Er hasste es, das Blut aus seinem Arm laufen zu sehen. Was sollte diese Prozedur? Wofür sollte sein Blut verwendet werden? Im nächsten Augenblick blitzte vor seinen Augen eine Nadel auf, die amateurhaft und ohne Desinfektionsmittel zu benutzen in seine Vene gerammt wurde. Es tat höllisch weh. Wäre sein Mund nicht zugeklebt gewesen, hätte er laut aufgeschrien. Doch so gelang ihm nur ein heiseres Fiepen. Durch einen langen Schlauch lief sein Blut in einen Eimer mit zehn Liter Fassungsvermögen, der neben ihm auf dem Boden stand. Sein Herz krampfte sich zusammen. Der Schweiß stand ihm auf der Stirn. Würde er das überleben? Er wusste, dass er versuchen musste, ruhig zu atmen, damit er genug Luft durch die Nase bekam. Die Schweißperlen flossen ihm die Schläfen hinab. Das Blut rann durch den Schlauch seinen Arm entlang. Es fühlte sich warm und eklig an. Ein Schauer lief ihm den Rücken hinunter und stellte seine Nackenhärchen auf. Sollte er hier ausbluten?

Die Polizeisirene heulte los. Victoria Fischer riss die Augen auf, wühlte sich unter der Bettdecke hervor und starrte schlaftrunken in die Dunkelheit des Zimmers. Ihr Digitalwecker, der auf dem Nachttisch stand, zeigte vier Uhr und sieben Minuten. Die Polizeisirene wurde lauter. Sie überlegte, wo sie das Handy in der Nacht hingelegt hatte. Sie schaltete die Nachttischlampe an. Der Fußboden war mit Kleidungsstücken übersät. Daniel lag neben ihr, die Füße fest an den Körper gezogen. Sie waren beide nackt. Die Polizeisirene klingelte weiter, da fiel es Victoria ein: Das Handy steckte in ihrer Hosentasche. Sie wickelte ihre Bettdecke um den Körper und stand auf. Dann begann sie, sich durch den Kleiderstapel zu wühlen, ihre Jeans lagen natürlich zuunterst. Als sie das Handy aus der Hosentasche zog, verstummte es. Auf dem Display blinkte ein entgangener Anruf. Es war die Durchwahl ihres Kollegen Martin Kleinschmidt.

Victoria setzte sich aufs Bett und rief zurück. Sie strich sich die zerzausten Haare aus dem Gesicht. Sie war sich sicher, dass etwas passiert war. Während der Ruf aufgebaut wurde, schossen tausend Gedanken durch ihren Kopf: Hatte der Mörder wieder zugeschlagen? Gab es eine neue Leiche? Hatten sie einen wichtigen Hinweis zur Ergreifung des

Täters bekommen? Die Hand, mit der sie das Handy ans Ohr hielt, zitterte. Martin nahm gleich nach dem ersten Klingeln und ohne eine Begrüßung mit einem hektischen »Endlich, Victoria!« ab. Sie fragte sich, warum Martin, der keinen Dienst hatte, anscheinend in der Nacht ins Büro zurückgekehrt war. Hatte er Streit mit seiner Frau? Um diese Frage zu erörtern, blieb jetzt keine Zeit. Auch Victoria hielt sich in diesem Moment nicht mit langen Grußformeln auf und fragte: »Was ist passiert?«

Martin legte los: »Die Frau des Malberger Bürgermeisters hat vor fünfzehn Minuten hier angerufen. Sie ist in heller Aufregung und wollte Vermisstenanzeige erstatten. Ihr Mann ist seit gestern Abend verschwunden. Er ist von einer Gemeinderatssitzung, die in der Gaststätte Schäfer stattgefunden hat, nicht nach Hause zurückgekehrt. Gegen zweiundzwanzig Uhr ist sie ins Bett gegangen. Als sie eben aufgewacht ist, war ihr Mann immer noch nicht da. Sie macht sich fürchterliche Sorgen.«

Daniel war von dem grellen Licht, das ins Zimmer fiel, und Victorias Stimme aufgewacht. Er schlang seine nackten Arme um ihren Körper und gab ihr einen Kuss hinter das Ohr.

»Ich komme sofort«, wollte sich Victoria verabschieden, doch Martin zögerte, als wolle er noch etwas sagen. »Ist noch was?«, durchbrach Victoria schließlich die unangenehm werdende Stille, drehte sich zu Daniel und strich ihm zärtlich durch seinen Kinnbart.

»Weißt du, wo Daniel Peters ist?« Martin atmete so schwer in den Telefonhörer, dass es in Victorias Ohr rauschte.

Sie stotterte: »Wieso? Warum?«

»Wir haben auch Walter benachrichtigt. Der ist gerade eingetroffen und bewegt sich am Rande der Verzweiflung. Victoria, der erleidet hier gleich einen Nervenzusammenbruch.« Martin flüsterte, als befürchte er, sein Kollege könnte lauschen. Es entstand eine kurze Pause. Victoria konnte Martin vor sich sehen, wie er nach allen Seiten Ausschau hielt und sich versicherte, dass niemand etwas von dem Gespräch mitbekam. Dann fügte er leise und eine Hand um die Sprechmuschel legend hinzu: »Daniel Peters hat die Nacht nicht im Hotel verbracht. Hier brechen schon die wildesten Spekulationen aus und …« Er schaute aus dem Fenster. »Walter hat recht, der Toyota ist weg. Sag mal, wo bist du überhaupt? Dein Auto steht noch im Hof …«

»Der Toyota ist bei mir und …«, begann Victoria, wurde aber von Martin unterbrochen: »Danke, ich kann eins und eins zusammenzählen.« Bevor Victoria etwas erwidern konnte, hatte Martin den Hörer auf die Gabel gelegt.

Während sie sich ihre Kleidung überstreifte, erzählte sie Daniel, was geschehen war. Als auch er sich angezogen hatte, wies er sie auf die Tomatenflecke auf ihrer Bluse hin. Daniel ging schnell ins Bad, und Victoria kramte einen Pullover aus dem Kleiderschrank. Dann wusch sie sich das Gesicht und kämmte sich. Schon saßen sie im Toyota und fuhren Richtung Betzdorf.

Fast zwei Liter Blut waren in den Eimer gelaufen. Stefan Weber fühlte die Müdigkeit wie einen erholsamen Schleier über sich kommen. Seine Augen wurden schwer und fielen schließlich zu. Sein Kopf kippte zur Seite, und er sank in einen traumlosen Schlaf. Ein merkwürdiges, markerweichendes Scharren ließ ihn aufschrecken. Er wusste nicht, wie lange er geschlafen hatte. Draußen war es noch immer stockfinster. Er verspürte heftigen Durst. Nur mit Mühe konnte er das Gewicht seines Kopfes halten, dabei hatte er das beklemmende Gefühl, statt seines Gehirns befände sich nur Matsch darin. Sein Gast hatte den Eimer mit dem Blut über den Boden Richtung Wand geschoben. Ein neuer, noch leerer Eimer fing nun sein Blut auf. Ein Farbroller wurde in den Eimer mit dem kostbaren Lebenssaft getaucht. Der Gast wartete, bis er sich vollgesaugt hatte, ließ das überschüssige Blut abtropfen und strich dann mit dem Farbroller die Wand entlang. An der blühend weißen Raufasertapete prangte jetzt eine rote Bordüre.

Victoria konnte kaum einen klaren Gedanken fassen. Sie tippelte mit dem Fuß einen unregelmäßigen Rhythmus auf die Fußmatte im Toyota. Daniel saß am Steuer und missachtete alle Tempolimits. Es war kein Verkehr auf den Straßen, unterwegs begegneten ihnen nur zwei Autos. Drei Morde innerhalb von noch nicht einmal einer Woche. Ein vierter in Vorbereitung, wenn nicht bereits geschehen. Sie hatte mit ihrer Befürchtung recht behalten, dass der Täter noch einmal zuschlagen würde. Das zweite Mal in dieser Woche, dass sie nackt neben einem Mann aufgewacht war. Noch dazu einer, der – sobald die Ermittlungen im Westerwald erledigt waren – zurück nach Koblenz fahren würde, wo er sein Leben, seinen Beruf und vielleicht ja sogar seine Freundin hatte. Ihr fiel ein, dass sie nie darüber gesprochen hatten. Dazu die bohrenden Fragen: Wo war Stefan Weber? Lebte er noch? Hatte sich der Täter an sein Muster gehalten und verarbeitete die Farbe Rot in seiner Mordinszenierung?

Als sie in der Polizeiinspektion eintrafen, warteten Michael Walter und Martin Kleinschmidt ungeduldig im Flur auf sie. Martin verkniff sich eine Bemerkung und grinste stattdessen über beide Ohren. Walter witzelte in Daniels Richtung: »Herr Kollege, Sie lassen auch nichts anbrennen! In jedem Hafen eine andere …« Er schnalzte tadelnd mit der Zunge. Für Victoria war es wie ein Schlag in die Magengrube. Daniel blickte zu Boden, als ginge er über ein Minenfeld und müsste aufpassen, dass keine Mine unter seinen Füßen explodierte.

Der inhaftierte Hannes Becher war von den Streifenbeamten aus dem Schlaf gerissen und in das Vernehmungszimmer gebracht worden. Zwei von ihnen bewachten ihn im Raum, einer hatte sich vor der Tür positioniert. Die Kripobeamten hörten von draußen Hannes' fluchende Stimme: »Warum habt ihr mich geweckt? Sind das eure neuen Verhörmethoden? Wollt ihr ein Geständnis durch Schlafentzug von mir erzwingen?« Victoria trat als Erste durch die Tür. Sie, Martin, Daniel und Walter nahmen

Hannes gegenüber Platz. Die Streifenbeamten verließen den Raum.

»Wo ist Stefan Weber?«, schrie Michael Walter.

»Woher soll ich das wissen? Ich war die ganze Zeit hier!«, antwortete Hannes Becher kühl. Hätte Daniel ihn nicht zurückgehalten, wäre Walter Hannes wahrscheinlich an die Gurgel gesprungen und hätte ein Geständnis aus ihm herausgequetscht.

»Stefan Weber ist verschwunden. Seine Frau hat uns eben angerufen«, erklärte Martin sachlich. Hannes Becher ließ seinen Blick von links nach rechts durch die Reihe der Beamten wandern. In seinen Augen spiegelten sich Fassungslosigkeit und blankes Entsetzen.

Daniel klatschte mit der flachen Hand auf den Tisch. »Jetzt sagen Sie uns endlich, was Sie wissen.«

Da fiel es Victoria wie Schuppen von den Augen. Sie waren die ganze Zeit über so blind gewesen. Die geheuchelte Trauerrede, Katharinas Aussage, dass viele auf Pia Becker und ihre Position als Solomariechen neidisch gewesen waren, die plötzliche Beziehung mit Hannes Becher, mit der Rechtfertigung, über die gemeinsame Trauer sei man sich nähergekommen. Nicht er hatte die Morde begangen, sondern seine Freundin Alina Schulze, die er aus Liebe nicht verraten hatte.

»Es ist Alina«, konfrontierte Victoria ihn mit ihrer Erkenntnis. Als Hannes keine Reaktion zeigte, schob sie ein bestimmtes »Ist das so?« hinterher. Am liebsten hätte sie ihn geschüttelt, um ihn aus seiner Starre zu holen.

Der Zwei-Meter-Mann Hannes Becher presste die Lippen hart aufeinander, ein Zucken durchfuhr seinen Körper, und er sank in sich zusammen wie ein kleines Kind, vergrub das Gesicht in den Händen und fing jämmerlich an zu weinen. In einer Art Schockzustand fand er seine Sprache wieder und redete sich den angestauten Kummer von der Seele: »Ich liebe sie doch. Sie hat Pias Tanzkostüm zu mir gebracht, weil sie nicht wusste, wohin sie es schaffen sollte. Gemeinsam haben wir es im Schuppen versteckt, um es so schnell wie möglich im Ofen zu verbrennen. Warum geht meine Mutter ausgerechnet an diesem Tag in den Schuppen? Warum muss sie die Kleidung finden? Ich bin an allem schuld! Ich hab alles kaputtgemacht!« Die letzten Worte schrie er, dann verstummte er plötzlich.

Die Beamten wussten, dass sie ihn jetzt am Reden halten mussten. Wenn seine Gehirnwindungen begriffen, dass er soeben seine Freundin schwer beschuldigt hatte, die dafür lebenslänglich ins Gefängnis ging, würde er jegliche Aussage verweigern und schweigen wie ein Fisch. Doch nur er konnte ihnen jetzt helfen. Vielleicht wusste er, wo sich Alina mit Stefan Weber aufhielt. Vielleicht hatte sie ihn in seine Pläne eingeweiht.

»Wo ist Stefan Weber?«, hakte Daniel scharf ein.

»Ich weiß es doch nicht.« Hannes' Tränen platschten auf den Tisch und sammelten sich in einer Pfütze an.

»Doch, überleg!«, ermutigte Victoria ihn mit ruhiger Stimme, in ihrem Innern aber brodelte es.

Hannes schüttelte den Kopf und lamentierte vor sich hin: »Warum, Alina? Warum?« Er schaute Victoria flehend an. »Sie hat mir versprochen, damit aufzuhören. Sie wollte doch nur Solomariechen werden. Warum jetzt auch noch Stefan Weber?«

Daniel klammerte sich gedanklich an dem Satz »Sie wollte doch nur Solomariechen werden« fest. Irgendeine Assoziation hatte er in ihm ausgelöst.

Hannes klagte unterdessen weiter: »Warum jetzt auch noch Stefan Weber? Sie wollte doch aufhören. Ich habe sie gewarnt. Ich liebe sie doch …« Er stöhnte auf und japste nach Luft. In seinem Mund hatte sich viel Speichel angesammelt, den er nur mit Mühe schlucken konnte.

Daniels Gedanken wanderten zu der Gedenkfeier für die verstorbenen Pia Becker und Manuel Pfeiffer, zu der Trauerrede, die der Bürgermeister dort gehalten hatte, und plötzlich wusste er es. »Stefan Weber ist in seinem Büro im Bürgerhaus, der einzige Raum des Gebäudes, der noch benutzt werden darf. Er hat ihren Traum vom Solomariechen zerstört, da er alle Vereine und das Bürgerhaus stillgelegt hat. Sie will sich dort an ihm rächen.« Daniel sprang auf und sprintete schon zum Waffenschrank, als Victoria ihm folgte. Daniel, Victoria, Martin und Walter steckten die Walther P99 Q in ihre Gürtelholster und befestigten sie an ihren Hosen. Gemeinsam mit zehn Streifenbeamten machten sie sich auf den Weg nach Malberg. Unterwegs mobilisierte Walter alle verfügbaren Kräfte aus Hachenburg, Altenkirchen, Westerburg und Siegen. Außerdem forderte er einen Krankenwagen samt Notarzt aus Kirchen und das SEK aus Koblenz an, wobei allen bewusst war, dass sie nicht auf das Eintreffen des SEK warten konnten, sondern sofort handeln mussten.

Eine Wand des Büros erstrahlte in der Farbe des Blutes von Stefan Weber. Alina betrachtete ihr Werk und war zufrieden. Zwischendurch war der Bürgermeister immer wieder in einen kurzen Schlaf gefallen. Doch schreckliche Alpträume und Horrorvisionen jagten ihn viel zu schnell in die Realität zurück, als dass er sich hätte ausruhen und neue Kräfte sammeln können. Einmal sah er sich selbst am Strick baumeln, ein anderes Mal spürte er, wie ihm die Kehle durchgeschnitten wurde. Die Angst lähmte ihn und ließ ihn mit jeder verstrichenen Sekunde wahnsinniger werden. Er hatte die Hoffnung auf Hilfe längst aufgegeben. In den letzten Stunden hatte er mit seinem Leben abgeschlossen. Alina hatte ihm erzählt, dass sie Pia Becker, Manuel Pfeiffer und Frank Müller auf dem Gewissen hatte. So wie diesen dreien niemand zu Hilfe gekommen war, so würde auch bei ihm niemand kommen. Irgendwann würden sie ihn in diesem Raum finden. Manchmal träumte er davon, dass seine Leiche dann bereits von Ratten und Würmern angenagt worden war. Ein fauliger Geschmack breitete sich in seinem Mund aus. Sein Durst wurde immer unbändiger. Das Blut lief unablässig in den Eimer. Mit jedem Tropfen rann die Kraft aus ihm heraus. Mit jedem Tropfen wurde sein Gehirn matschiger. Mit jedem Tropfen drehte sich der Raum ein bisschen schneller um die eigene Achse. Immer wieder und immer wieder, bis Stefan Weber übel wurde, sein Körper den Schmerz nicht mehr ertragen konnte und er für einen kurzen Moment in eine befreiende Ohnmacht fiel.

Ein Ratschen weckte ihn. Es war der Reißverschluss von Alinas Handtasche. Er nahm alles verschwommen wahr. Zu gern hätte er über seine Augen gerieben und sich seine Schläfen massiert, aber seine Arme waren noch immer an den Armlehnen gefesselt. Alina bewegte sich in seine Richtung, und als sie einen Meter vor ihm stand, sah er, was sie in der Hand hielt: eine Pistole. Wenn sie ihn erschießen wollte, dann sollte sie es tun. Jetzt! Sofort! Er wollte nicht mehr leiden, er konnte die Qualen nicht länger ertragen, er wollte endlich seine Ruhe, er wollte Frieden finden. Als sie neben ihm angekommen war, presste sie das harte, kalte Metall unnachgiebig und starr gegen seine rechte Schläfe. Mit dem rechten Zeigefinger umschloss sie den Abzug und drückte ihn langsam. Stefan Weber merkte, wie sein Herz zu rasen begann und sein Puls in die Höhe schoss. Er senkte den Kopf nach hinten und legte ihn auf die Rückenlehne. Alinas Hand, die die Waffe hielt, zitterte. Der Lauf vibrierte an Stefan Webers Schläfe. Er schloss die Augen und hoffte, dass der Schuss endlich fiel, der seinen Schädel durchbohrte, in sein Gehirn eindrang und ihm den erlösenden Tod brachte.

In diesem Moment barst das Holz der Tür, sie sprang auf, und zehn Beamte stürzten herein. Sie alle hielten ihre Waffe auf Alina gerichtet, den Finger um den Abzug gekrallt. Martin brüllte: »Polizei! Hände hoch!« Alina zuckte zusammen, doch die Worte schienen an ihren Ohren abzuprallen, und sie reagierte nicht auf seine Aufforderung. Ihre Augen weiteten sich, ihr Kiefer klappte nach unten, ihre Hand, die die Waffe umklammerte, zitterte stärker. Victorias erster Blick fiel auf die Mörderin, der zweite auf das Blut, das aus Stefan Webers Arm in den Eimer strömte, der dritte auf die rote Wand. Erschüttert flüsterte sie: »Oh mein Gott.« Die anderen Polizisten waren so auf

Alina fixiert, dass sie die blutverschmierte Wand nicht wahrzunehmen schienen. Stefan Weber hielt die Augen noch immer geschlossen. Alina stand wie versteinert und rührte sich nicht vom Fleck. Erschrocken blickte sie in zehn Pistolenläufe, ihr Mund stand nun sperrangelweit offen. Sie presste ihre Waffe fester gegen Stefan Webers Schläfe, sodass sein Kopf nach links gedrängt wurde. Im Raum roch es nach geronnenem Blut, die Luft war heiß und stickig. Obwohl die Zeit stillzustehen schien, klackte der Sekundenzeiger an Victorias Armbanduhr. Daniel nutzte Alinas Verblüffung, machte einen Satz auf sie zu und schlug ihr gekonnt die Waffe aus der Hand. Ein Schuss löste sich und bohrte sich in die Wand zwischen zwei Fenstern. Alina blieb regungslos stehen. Zwei Beamte stürzten sich auf sie, drückten sie zu Boden, umschlossen ihre Handgelenke mit den Handschellen und ließen sie mit einem Klacken einrasten. Walters hochroter Kopf und seine nervös zuckenden Augenlider machten deutlich, dass er innerlich kochte. Er räusperte sich und rang um Fassung. Dann wandte er sich mit ruhiger Stimme an Alina. Bestimmt und streng sagte er: »Ich verhafte Sie wegen dreifachen Mordes an Pia Becker, Manuel Pfeiffer und Frank Müller und wegen versuchten Mordes an Stefan Weber.«

Durch die heruntergelassenen Jalousien zuckten Blaulichter und warfen ihr Licht an die Wand, an der Stefan Webers Blut klebte. Alina Schulze wurde von den Streifenbeamten abgeführt und in die Polizeiinspektion Betzdorf gebracht. Florian Schuster und sein Team rückten an, um alle Spuren am Tatort zu sichern. Der Notarzt kümmerte sich um den entkräfteten und dehydrierten Bürgermeister, der nach Kirchen ins Krankenhaus transportiert wurde, da er dringend eine lebenserhaltende Bluttransfusion benötigte. Er schwebte in Lebensgefahr, und es war noch nicht abzusehen, ob er sein Martyrium überleben würde. Die Dämmerung brach an und schickte das erste Licht des Tages über den Malberger Himmel. Victorias Angespanntheit der vergangenen Tage wich einer Erleichterung, die bald in eine grenzenlose

Erschöpfung mündete. Während Daniel den Toyota nach Betzdorf lenkte, schlief sie auf dem Beifahrersitz ein.

Die Videokamera surrte. Martin Kleinschmidt hatte die Aufnahmetaste gedrückt und vergewisserte sich, dass der Bildwinkel korrekt eingestellt war. Michael Walter und Victoria Fischer saßen Alina Schulze im Vernehmungszimmer am Tisch gegenüber. Martin nahm neben der Kamera Platz, Daniel lehnte an der Fensterbank. Alina hatte auf ihr Recht, einen Anwalt hinzuzuziehen, verzichtet. Ihre Haltung war aufrecht, die Hände hatte sie ineinandergefaltet.

»Haben Sie Pia Becker, Manuel Pfeiffer und Frank Müller ermordet?«

Alina schaute Michael Walter, der die Frage formuliert hatte, verächtlich an. Ein Blitzen durchzuckte ihre Augen, als sie mit fester Stimme erwiderte: »Ja! Sie hatten es nicht anders verdient!«

Die Schamlosigkeit, mit der Alina die Morde gestand, trieb Victoria die Tränen in die Augen. Sie dachte an Pia, die sich, als Victoria noch bei ihren Eltern gewohnt hatte, stets Rat in Sachen Jungs und Liebe bei der Nachbarstochter geholt hatte, an ihre gemeinsamen Unternehmungen, an wilde Partys. An Pias Lachen, ihre Träume, ihre Energie, ihre Lebenslust. Dieses junge Leben war durch Alina auf bestialische Weise von einem Moment auf den anderen zerstört worden. Pia war die Chance genommen worden, ihr Leben zu leben. Es war ausgelöscht worden, ehe es richtig begonnen hatte.

»Warum haben Sie das getan?« Victoria erkannte, dass auch Michael Walter sich beherrschen musste. So viel Hartherzigkeit und Hass in einem Menschen waren ihm wohl in seinen Dienstjahren noch nicht begegnet.

Wieder erklärte Alina: »Sie hatten es nicht anders verdient.«

In Victoria brodelte es, am liebsten wäre sie aufgestanden und hätte Alina ins Gesicht geschlagen. Natürlich wusste sie, dass sie sich an die gesetzlichen Bestimmungen halten musste und jeder Straftäter durch die Judikative seiner gerechten Strafe zugeführt wurde. In Deutschland hatte jeder das Recht auf einen fairen Prozess, doch in Gedanken kratzte sie Alina die Augen aus und drückte ihre Kehle zu, bis sie leblos zu Boden sank.

Inzwischen war auch Roland Weigel eingetroffen und beobachtete das Geschehen durch die verspiegelte Glasscheibe.

»Warum hatten Pia Becker, Manuel Pfeiffer und Frank Müller es Ihrer Meinung nach denn verdient?« Walter begab sich auf Alinas Niveau, um mehr über die Hintergründe der Morde zu erfahren. Seine Strategie zeigte Wirkung.

»Pia konnte nicht tanzen. Ich bin viel besser. Keiner hat meine Qualitäten erkannt und gefördert. Dieser jämmerliche Verein! Ich hätte allen bewiesen, dass ich tausend Mal besser bin als Pia. Nach ihr hätte kein Hahn mehr gekräht. Auf der Bühne hätte ich die Anerkennung bekommen, die ich verdiene. Alle hätten mich bewundert.« Alina redete sich immer mehr in Rage. Für die Beamten hingegen waren ihre Schonungslosigkeit und fehlende Reue immer schwerer zu ertragen. »Manuel, dieser Trampel, dieser Idiot! Hat mit Pia einen auf Vereinstraumpaar gemacht und mich verlacht und gedemütigt. Jeden verdammten Montag, wenn ich zum Training gegangen bin und er auf dem Sportplatz war, hat er mir die übelsten Schimpfwörter nachgerufen. Und Frank …« Sie lachte künstlich. »Wie oft habe ich ihm eindeutige Angebote gemacht, aber nein, Frau und Kind sind ihm wichtiger als Spaß im Bett! Er hat nur Pia gefördert und sie in den Tanzolymp erhoben. Pah … Als Andreas Kötting noch Vorsitzender der Karnevalsfreunde war, der hat sich bezirzen lassen, aber dann wurde Frank Müller gewählt. Der hatte doch nur seine Lieblinge, auf Können kam es dem nicht an.« Alina machte mit den Händen ausladende Gesten. »Und der Bürgermeister! Er löst die Vereine auf und legt das Bürgerhaus still! Was nimmt der sich heraus? Was bildet der sich ein? Er hätte meinen Traum zerstört, verstehen Sie?

Dann hätte es keinen Karneval, kein Helau mehr gegeben. Ich musste doch etwas machen! Mein Traum wäre geplatzt!« Den letzten Satz schrie sie laut heraus. Nein, die Beamten verstanden nicht, und Alina schien weder ihre Schuld noch die Konsequenzen ihrer Taten zu begreifen. Victoria hatte das Gefühl, ihre Hand auf Alinas Mund pressen zu müssen, damit sie endlich schwieg, damit sie ihre verdammte Stimme endlich nicht mehr hören musste.

»Ihr Traum ist auch so geplatzt! Für Ihren Traum«, Daniel malte Anführungszeichen in die Luft, »mussten drei Menschen ihr Leben lassen, und niemand weiß, ob Stefan Weber überlebt!«

Alina zuckte nur mit den Schultern und zog eine Schnute. »Die hatten es nicht anders verdient. Ich habe sie alle ihrer gerechten Strafe zugeführt. Blau-Rot, das war mein Traum, mein Zuhause, meine Heimat, mein Leben! Doch die wollten mich nicht, haben mich immer nur ausgelacht und auf mir herumgehackt. Blau-Rot, das ist ihnen zum Verhängnis geworden.«

Walter sprang auf, ehe er sich vergaß. Der Stuhl, auf dem er saß, kippte nach hinten um und schlug mit einem dumpfen Geräusch auf dem Boden auf. Er konnte diese Frau nicht länger ertragen. Er wollte und konnte nicht länger in dieses fiese Grinsen sehen. Er wollte den Haftrichter um einen Termin bitten und ihm Alina noch heute vorführen. Sie gehörte ins Gefängnis, wo sie den Rest ihres Lebens würde fristen müssen.

Epilog

Daniel Peters und Michael Walter packten eilig ihre Koffer in der Bürgergesellschaft, um nach Koblenz abzureisen. Hannes Becher wurde freigelassen, er würde sich in einem späteren Verfahren wegen Beihilfe zum Mord verantworten müssen, da er die Mörderin gedeckt und ihr geholfen hatte, Pia Beckers Tanzkostüm verschwinden zu lassen. Er durfte Alina nicht mehr sehen. Victorias Erleichterung über die Ergreifung der Täterin währte nur kurz, viel schwerer wog der bevorstehende Abschied von Daniel.

Zwei Streifenpolizisten führten Alina Schulze in Handschellen über den Hof der Polizeiinspektion Betzdorf und beförderten sie in den Audi. Daniel und Walter rollten mit ihren Koffern an, die sie in den Kofferraum luden. Roland Weigel, Martin und Victoria kamen durch die Eingangstür und näherten sich dem Wagen. Walter schlug den Kofferraumdeckel zu, reichte ihnen nacheinander die Hand und bedankte sich für die gute und erfolgreiche Zusammenarbeit. »Hier in der Provinz ist es doch gar nicht so schlimm«, schloss er und drückte Weigels Hand so fest, dass dessen Knochen knackten.

Martin berichtete den Koblenzer Kollegen von seinem Telefonat mit dem Krankenhaus Kirchen. Stefan Weber sei außer Lebensgefahr und befinde sich auf dem Weg der Besserung.

Victorias Hals war wie zugeschnürt. Daniel verabschiedete sich zunächst von Weigel, dann von Martin. Die beiden drehten sich um und gingen auf die Polizeiinspektion zu. Martin deutete vor der Eingangstür ein kurzes Winken in Daniels Richtung an und zwinkerte ihm zu.

Victoria verspürte einen dicken Kloß im Hals, als Daniel ihr gegenübertrat. Sie war unfähig, ein Wort zu sprechen. Daniel reichte ihr seine Hand. Sie war warm und weich, sein Händedruck fest. Seine Hand in der ihren zu spüren, löste ein Kribbeln in ihrem Bauch aus, und sie wusste, dass sie sich verliebt hatte. Ihre Knie wurden weich, und ihre Augen füllten sich mit Tränen. Als er ihr »Nicht weinen!« zuflüsterte, löste sich eine Träne in ihrem linken Auge und kullerte ihre Wange hinab. Er hielt ihre Hand länger als nötig umfasst. Victoria hoffte, dass ihm die Nacht auch etwas bedeutet hatte. Gern hätte sie ihn umarmt und geküsst, fand es aber unprofessionell vor den Kollegen und vor allem vor der Mörderin. Auch Daniel wahrte Distanz. Tausend Fragen schossen ihr durch den Kopf, auf die sie gern eine Antwort von ihm erhalten hätte, aber sie konnte sie nicht stellen. Nicht jetzt. Nicht hier. Nicht in Anbetracht der Umstände. Hegte er Gefühle für sie? Wollte er sie wiedersehen? Hatten sie die Chance auf eine gemeinsame Zukunft?

»Tschüss«, sagte er mit sanfter Stimme und ließ ihre Hand los. Sie fiel schlaff gegen Victorias Oberschenkel.

Walter öffnete die linke hintere Tür, um im Fond des Autos Platz zu nehmen, und löste damit die Schutzpolizisten ab, die Alina bewachten. Er zog den Kopf ein, setzte den rechten Fuß hinter den Fahrersitz und schwang seinen Hintern auf die Rückbank. Dabei fiel ein länglicher Gegenstand aus seiner Hosentasche, der mit einem leisen Klicken auf den Teer aufschlug.

Daniel lächelte Victoria aus seinen grünen Augen an, doch sein Lächeln verriet nicht, ob auch er traurig war, die Heimreise antreten zu müssen. Er nickte ihr aufmunternd zu, drehte sich um und ging zum Auto. Dort angelangt, öffnete er die Fahrertür, stieg ein, gurtete sich an und startete den Motor. Er legte den Rückwärtsgang ein, bugsierte den Audi aus der Parklücke und rollte auf die Schranke zu. Es war Mittagszeit, die Sonne stand hoch am Himmel. Es war der erste richtige Frühlingstag in diesem Jahr. Die Kinder und Jugendlichen hatten Schulschluss. Victoria musste die Hand schützend an die Stirn halten, um den Audi sehen zu können. Geblendet von der Sonne, kniff sie die Augen zusammen. Der Kloß im Hals löste sich, und sie konnte die Tränen nicht mehr zurückhalten. Daniel musste hinter der Schranke warten, von links näherte sich eine Kolonne von

Schulbussen. Der letzte in der Reihe hielt an und gewährte ihm die Vorfahrt. Er fuhr auf die Friedrichstraße, ordnete sich rechts ein und überquerte die Heller.

Victoria wollte ihnen nachwinken, unterließ es aber, da es die Situation hätte paradox werden lassen. Immerhin transportierten sie eine Mörderin zum Haftrichter. Sie blieb vor der Polizeiinspektion stehen, bis der Audi hinter der Post verschwunden war. Dann ging sie zu dem länglichen Gegenstand, der Walter eben aus der Tasche gefallen war, und hob ihn auf. Ein Lächeln huschte über ihr Gesicht. Es war der grüne Kugelschreiber, auf dem »PIPI« stand. Victoria betrachtete ihn eingehend und drehte ihn in ihrer Hand, als wäre er die einzige kostbare Erinnerung an Daniel. Als könnte nur er die Ereignisse der vergangenen Tage beweisen. Schließlich steckte sie den Kugelschreiber in ihre Hosentasche und schritt auf die Eingangstür zu. In ihrem Herzen pochte die Hoffnung auf ein Wiedersehen.